Goldmann SCIENCE FICTION

Band 0194

C. M. Kornbluth · Die Worte des Guru

Von C. M. Kornbluth
ist außerdem lieferbar:

Herold im All. 0108

C. M. KORNBLUTH

Die Worte des Guru

A MILE BEYOND THE MOON

Science Fiction-Erzählungen

WILHELM GOLDMANN VERLAG
MÜNCHEN

Made in Germany · I · 1112
 Aus dem Amerikanischen übertragen von Tony Westermayr. Ungekürzte Ausgabe. Umschlag: F. Jürgen Rogner. Gesetzt aus der Linotype-Garamond-Antiqua. Druck: Presse-Druck Augsburg. SF 0194 · Kri/De
ISBN 3-442-23194-9

Inhalt

Die Worte des Guru

Gestern, als ich unterwegs war, um den Guru im Wald zu treffen, hielt mich ein Mann auf und sagte: »Kind, was machst du um ein Uhr morgens draußen? Weiß deine Mutter, wo du bist? Wie alt bist du, daß du so spät herumläufst?«

Ich blickte ihn an und sah, daß er weißhaarig war, und da lachte ich. Die alten Männer sehen nie; überhaupt sehen Männer kaum. Manchmal sehen junge Frauen ein wenig, aber Männer sehen selten überhaupt etwas.

»Ich werde zwölf«, sagte ich. Und dann, weil ich ihn nicht am Leben lassen wollte, damit er den Leuten Bescheid sagen konnte, sagte ich: »Und ich bin so spät unterwegs zum Guru.«

»Guru?« fragte er. »Wer ist Guru? Wohl irgendein so ein Ausländer? Mit Ausländern soll man sich nicht abgeben, junger Mann. Wer ist Guru?«

Ich erklärte ihm, wer der Guru war, und als er von Schundheften und Märchen zu reden anfing, sagte ich eines der Wörter, die mir der Guru beigebracht hatte, und er hörte auf zu reden. Weil er ein alter Mann war und steife Gelenke hatte, sank er nicht in sich zusammen, sondern fiel starr um und schlug mit dem Kopf auf. Ich ging weiter.

Obwohl ich erst zwölf werde, weiß ich viele Dinge, von denen alte Leute keine Ahnung haben. Und ich erinnere mich an Dinge, an die andere Jungen sich nicht erinnern. Ich erinnere mich, aus der Dunkelheit geboren zu sein, und erinnere mich an die Geräusche, welche die Leute um mich machten. Als ich zwei Monate alt war, begann ich zu begreifen, daß die Geräusche Dinge bedeuteten wie jene, die in meinem Kopf vorgingen. Ich kam dahinter, daß ich die Geräusche auch machen konnte, und alle waren furchtbar überrascht.

»Er spricht!« sagten sie immer und immer wieder. »Und so

klein noch! Clara, was hältst du davon?« Clara war meine Mutter.

Und Clara sagte dann: »Ich weiß es wirklich nicht. In meiner Familie hat es nie Genies gegeben, und in der von Joe bestimmt auch nicht.« Joe war mein Vater.

Einmal zeigte mir Clara einen Mann, den ich vorher noch nie gesehen hatte, und erklärte mir, daß er ein Reporter sei – daß er in Zeitungen schreibe. Der Reporter versuchte mit mir zu reden wie mit einem gewöhnlichen Baby, und ich gab ihm nicht einmal Antwort, sondern blickte ihn einfach an, bis er die Augen senkte und ging. Später schimpfte Clara mit mir und las mir einen kleinen Artikel aus der Zeitung des Reporters vor, der komisch gemeint war – wonach der Reporter mir ganz komplizierte Fragen gestellt und ich mit Babylauten geantwortet hätte. Es stimmte natürlich nicht. Ich hatte zu dem Reporter kein Wort gesagt, und er hatte mir nicht eine von diesen Fragen gestellt.

Ich hörte sie vorlesen, aber während ich lauschte, beobachtete ich die an der Wand kriechende Schnecke. Als Clara fertig war, fragte ich sie: »Was ist das für ein graues Ding?«

Sie schaute zu der Stelle, auf die ich deutete, konnte aber nichts sehen.

»Was für ein graues Ding, Peter?« fragte sie. Ich ließ mich bei meinem ganzen Namen rufen, Peter, statt bei etwas so albernem wie Petey. »Was für ein graues Ding?«

»Es ist so groß wie deine Hand, Clara, aber weich. Ich glaube, daß es gar keine Knochen hat. Es kriecht aufwärts, aber ich sehe oben keinen Kopf. Und Beine auch nicht.«

Ich glaube, sie machte sich Sorgen, aber sie versuchte mich zu bemuttern, indem sie die Hand auf die Wand legte und die Stelle zu finden versuchte, wo es war. Ich rief ihr zu, ob sie rechts oder links von dem Ding war. Schließlich schob sie die Hand genau hindurch. Und dann begriff ich, daß sie es wirklich nicht sehen konnte und nicht glaubte, daß es da war. Ich sprach nicht mehr davon und fragte sie nur ein paar Tage später: »Clara, wie nennst du ein Ding, das einer sehen kann und ein anderer nicht?«

»Eine Illusion, Peter«, sagte sie. »Wenn du das meinst.« Ich sagte nichts, ließ mich wie gewöhnlich zu Bett bringen, und als sie das Licht ausgemacht hatte und gegangen war, wartete ich kurze Zeit und rief dann leise: »Illusion! Illusion!«

Augenblicklich kam der Guru zum erstenmal. Er verbeugte sich und sagte: »Ich habe gewartet.«

»Ich wußte nicht, daß man dich so ruft«, sagte ich.

»Ich bin bereit, sobald du mich brauchst. Ich unterrichte dich, Peter – wenn du lernen willst. Weißt du, was ich dich lehren werde?«

»Wenn du mir etwas über das graue Ding an der Wand beibringen willst, höre ich zu«, sagte ich. »Und wenn du mich über wirkliche und unwirkliche Dinge unterrichten willst, höre ich zu.«

»Diese Dinge wollen sehr wenige lernen«, sagte er nachdenklich. »Und es gibt Dinge, die noch nie jemand hat lernen wollen. Und es gibt Dinge, die ich nicht lehren werde.«

Dann sagte ich: »Die Dinge, die noch niemand je hat lernen wollen, will ich lernen. Und ich will sogar die Dinge lernen, die du nicht lehren möchtest.«

Er lächelte höhnisch.

»Ein Meister ist erschienen«, sagte er mit einem halben Lachen. »Ein Guru-Meister.«

So erfuhr ich seinen Namen. Und in dieser Nacht lehrte er mich ein Wort, mit dem man Kleineres tun konnte, wie etwa Nahrung verderben.

Von dem Tag an bis zu der Gelegenheit, als ich ihn gestern nacht sah, hat er sich überhaupt nicht verändert, obwohl ich jetzt ebenso groß bin wie er. Seine Haut ist noch so trocken und glänzend wie je, und sein Gesicht ist noch immer knochig, gekrönt von einem Schopf sehr derber, schwarzer Haare.

Als ich zehn Jahre alt war, legte ich mich eines Abends nur so lange ins Bett, daß Joe und Clara glaubten, ich schliefe fest. Ich ließ an meiner Stelle etwas zurück, das erscheint, wenn man eines der Guru-Wörter sagt, und kletterte am Abflußrohr neben meinem Fenster hinunter.

Ich traf den Guru im Inwood Hill-Park.

»Du kommst spät«, sagte er.

»Nicht zu spät«, antwortete ich. »Ich weiß, daß es nie zu spät ist für eines dieser Dinge.«

»Woher?« fragte er scharf. »Es ist dein erstes.«

»Und vielleicht mein letztes«, erwiderte ich. »Mir gefällt der Gedanke nicht. Wenn ich von meinem zweiten nicht mehr lernen kann als von meinem ersten, gehe ich zu keinem mehr.«

»Du weißt nichts«, sagte er. »Du weißt nicht, wie das ist – die Stimmen, und die Leiber glatt von Salbe, tanzende Flammen; Ritual, das den Geist erfüllt! Du kannst keine Vorstellung haben, bis du teilgenommen hast.«

»Wir werden sehen«, sagte ich. »Können wir uns von hier auf den Weg machen?«

»Ja«, sagte er. Dann brachte er mir das Wort bei, das ich kennen mußte, und wir sagten es gemeinsam.

Der Ort, wo wir uns daraufhin befanden, war mit roten Lichtern erhellt, und ich glaube, die Wände waren aus Fels. Obwohl es hier natürlich kein richtiges Sehen gab, so daß die Lichter nur rot zu sein schienen und es kein richtiges Gestein war.

Als wir zum Feuer gingen, hielt uns eine von ihnen auf.

»Wen hast du bei dir?« fragte sie und nannte den Guru bei einem anderen Namen. Ich wußte nicht, daß er auch die Person war, die diesen Namen trug, denn es war ein sehr mächtiger.

Er warf mir einen hastigen Seitenblick zu und sagte: »Das ist Peter, von dem ich dir oft erzählt habe.«

Sie sah mich an und lächelte, während sie ihre öligen Arme ausstreckte.

»Ah«, sagte sie leise wie die Katzen, wenn sie nachts mit mir reden. »Ah, das ist Peter. Kommst du zu mir, wenn ich dich rufe, Peter? Und rufst du mich manchmal – im Dunkeln – wenn du allein bist?«

»Laß das!« sagte der Guru und schob sie zornig weg. »Er ist sehr jung – du verdirbst ihn vielleicht für seine Arbeit.«

Sie kreischte uns nach: »Der Guru und sein Schüler – ein schönes Paar! Junge, er ist nicht wirklicher als ich – du bist das einzig Wirkliche hier!«

»Achte nicht auf sie«, sagte der Guru. »Sie ist wild und tobt. Zu dieser Zeit sind sie immer hysterisch.«

Wir erreichten die Feuer und setzten uns auf Steinblöcke. Sie töteten Tiere und Vögel und trieben Dinge mit ihren Leibern. Das Blut wurde in einem Steinbecken aufgefangen, das die Runde machte. Die zu meiner Linken reichte es mir.

»Trink«, sagte sie und grinste, um mir ihre schönen weißen Zähne zu zeigen. Ich schluckte zweimal und gab es an den Guru weiter.

Als das Becken herumgegangen war, zogen wir uns aus. Manche, wie der Guru, trugen keine Kleidung, aber viele doch. Die zu meiner Linken rückte näher und atmete schwer. Ich rückte davon.

»Sag ihr, sie soll aufhören, Guru«, sagte ich. »Ich weiß, daß das nicht dazugehört.«

Guru fuhr sie in ihrer eigenen Sprache scharf an, und sie wechselte fauchend den Platz.

Dann begannen wir alle zu singen, klatschten in die Hände und schlugen uns auf die Schenkel. Eine von ihnen erhob sich langsam und schwebte im Kreis um die Feuer, mit wild rollenden Augen. Sie malmte mit dem Kiefer und warf die Arme so herum, daß ich die Ellbogen knacken hörte. Sie bog den Leib nach hinten, zu den Füßen herab. Ihre Bauchmuskeln traten hervor, und das Öl rann an Körper und Beinen herab. Als ihre Handflächen den Boden berührten, brach sie zuckend zusammen und begann mit einem dünnen Heulen vor dem rhythmischen Gesang und Klatschen von uns anderen. Eine andere machte dasselbe wie die erste, und wir schrien laut und noch lauter für die dritte. Während wir in die Hände und auf die Schenkel klatschten, hob eine von ihnen die dritte auf, legte sie auf den Altar und bereitete sie mit einem Steinmesser vor. Der Feuerschein spiegelte sich auf der schartigen Obsidianschneide. Als ihr Blut durch die Rinne ablief, die in den Felsaltar gemeißelt war, hörten wir auf zu singen, und die Feuer wurden gelöscht.

Aber wir konnten trotzdem noch sehen, was vorging, denn diese Dinge geschahen natürlich gar nicht – sie schienen nur zu geschehen, genauso, wie alle Leute und Dinge dort nur zu sein schienen, was sie waren. Nur ich war wirklich. Das mußte der Grund gewesen sein, weshalb sie mich so begehrten.

Als das letzte Feuer erlosch, flüsterte der Guru erregt: »Die Erscheinung!« Er war tief bewegt.

Aus dem Blut der dritten Tänzerin erhob sich die Erscheinung. Sie war die größte dort, und wenn sie sprach, klang ihre Stimme tiefer, und wenn sie befahl, gehorchte man.

»Laßt Blut fließen!« befahl sie, und wir schnitten uns mit Feuersteinen die Haut auf. Sie lächelte und rollte die Augen, zeigte Zähne, die größer und schärfer und weißer waren als die aller anderen.

»Macht Wasser!« befahl sie, und wir spien einander an. Sie schlug mit den Flügeln und rollte die Augen, die größer und röter waren als die der anderen.

»Reicht die Flamme!« befahl sie, und wir bliesen Rauch und Feuer auf unsere Glieder. Sie stampfte mit den Füßen, ließ blaue Flammen aus dem Mund fauchen, und sie waren größer und wilder als die aller anderen.

Dann kehrte sie in das Blut zurück, und wir zündeten die Feuer wieder an. Der Guru starrte vor sich hin; ich zupfte an seinem Arm. Er verbeugte sich, so, als begegneten wir uns in dieser Nacht zum erstenmal.

»Woran denkst du?« fragte ich. »Wir gehen jetzt.«

»Ja«, sagte er schwerfällig. »Jetzt gehen wir.« Dann sagten wir das Wort, das uns hergebracht hatte.

Der erste Mensch, den ich tötete, war Bruder Paul in der Schule, wo ich hinging, um die Dinge zu lernen, die der Guru mir nicht beibrachte.

Es war kein Jahr her, scheint aber eine Ewigkeit zurückzuliegen. Inzwischen habe ich so oft getötet.

»Du bist ein sehr begabter Junge, Peter«, sagte der Bruder.

»Danke, Bruder.«

»Aber du hast Dinge an dir, die ich nicht verstehe. Normalerweise würde ich deine Eltern fragen, aber – ich habe das Gefühl, daß sie es auch nicht begreifen. Du bist als Baby schon ein Wunderkind gewesen, nicht?«

»Ja, Bruder.«

»Daran ist nichts so Ungewöhnliches – die Drüsen, sagt man. Weißt du, was Drüsen sind?«

Ich erschrak. Ich hatte von ihnen gehört, wußte aber nicht genau, ob sie die kleinen, dicken grünen Männer waren, die nur Metall tragen, oder die Wesen mit vielen Beinen, mit denen ich im Wald sprach.

»Wie sind Sie dahintergekommen?« fragte ich.

»Aber, Peter! Du siehst richtig erschrocken aus, mein Junge! Ich selbst weiß nichts von ihnen, aber Pater Frederick kennt sich aus. Er hat ganze Bücher über sie, obwohl ich manchmal bezweifle, ob er ihnen selbst glaubt.«

»Das sind keine guten Bücher, Bruder«, sagte ich. »Man sollte sie verbrennen.«

»Das ist ein barbarischer Gedanke, mein Sohn. Aber um auf dein eigenes Problem zurückzukommen –«

Ich konnte ihn nicht weitersprechen lassen, angesichts dessen, was er von mir wußte. Ich sagte eines der Wörter, die der Guru mich gelehrt hatte, und er wirkte zuerst ganz überrascht, dann schien er starke Schmerzen zu verspüren. Er kippte über seinen Schreibtisch, und ich tastete nach seinem Puls, um mich zu vergewissern, denn ich hatte das Wort vorher noch nie verwendet. Er war aber tot.

Draußen näherten sich schwere Schritte. Ich machte mich unsichtbar. Der dicke Pater Frederick kam herein, und ich brachte ihn beinahe auch mit dem Wort um, wußte aber, daß das höchst auffällig gewesen wäre. Ich beschloß, zu warten, und schlüpfte hinaus, während Pater Frederick sich über den toten Mönch beugte. Er glaubte, daß er schlief.

Ich ging durch den Flur zu dem mit vielen Büchern ausgestatteten Büro des dicken Geistlichen, stapelte schnell alle Bücher in der Mitte des Zimmers und zündete sie mit meinem Atem an. Dann ging ich hinunter in den Schulhof und machte mich wieder sichtbar, als niemand herschaute. Es war ganz leicht. Am nächsten Tag tötete ich einen Mann, an dem ich auf der Straße vorbeikam.

In unserer Nähe wohnte ein Mädchen namens Mary. Sie war vierzehn Jahre alt, und ich begehrte sie, wie jene in der Höhle außerhalb von Raum und Zeit mich begehrt hatten.

Als ich den Guru sah und er sich verbeugt hatte, erzählte ich ihm davon, und er sah mich höchst überrascht an.

»Du wirst älter, Peter«, sagte er.

»Ja, Guru. Und es wird eine Zeit kommen, wo deine Wörter nicht mehr stark genug für mich sein werden.«

Er lachte.

»Komm, Peter«, sagte er. »Folg mir, wenn du willst. Es gibt etwas, das getan werden muß –« Er leckte sich die dünnen, purpurnen Lippen und sagte: »Ich habe dir gesagt, wie es sein wird.«

»Ich werde kommen«, sagte ich. »Lehr mich das Wort.« Er lehrte mich das Wort, und wir sagten es gemeinsam.

Der Ort, wo wir uns danach befanden, glich keinem der anderen Orte, wo ich mit dem Guru bisher gewesen war. Es war

Nirgends. Vorher hatte es immer den scheinbaren Ablauf von Zeit und Materie gegeben, aber hier nicht einmal das. Hier warfen der Guru und die anderen ihre Gestalten ab und wurden, was sie waren, und Nirgends war der einzige Ort, wo sie das tun konnten.

Es war nicht wie die Höhle, denn die Höhle hatte sich außerhalb von Zeit und Raum befunden, und dieser Ort war nicht einmal ein Ort dafür. Er war Nirgends.

Was dort geschah, kann man nicht wiedergeben, aber ich wurde Bestimmten bekanntgemacht, die sich nie von dort entfernten. Sie hatten keine Farbe oder scheinbare Farbe, noch irgendeine scheinbare Form.

Dort erfuhr ich, daß ich mich einmal zu ihnen gesellen würde; daß ich als der eine meines Planeten ausgewählt worden war, der für immer im Nirgendwo wohnen sollte.

Der Guru und ich entfernten uns, nachdem wir das Wort gesagt hatten.

»Nun?« sagte der Guru und starrte mich an.

»Ich bin bereit«, sagte ich. »Aber lehr mich jetzt ein Wort –«

»Ah«, sagte er grinsend. »Das Mädchen?«

»Ja«, sagte ich. »Das Wort, das ihr viel bedeuten wird.«

Grinsend brachte er mir das Wort bei.

Mary, die vierzehn gewesen, ist jetzt fünfzehn und unheilbar geisteskrank, wie man das nennt.

Gestern nacht sah ich den Guru wieder, und zwar zum letztenmal. Er verbeugte sich, als ich herankam.

»Peter«, sagte er herzlich.

»Lehr mich das Wort«, sagte ich.

»Es ist nicht zu spät.«

»Lehr mich das Wort.«

»Du kannst dich zurückziehen – mit dem, was du meisterst, kannst du auch diese Welt meistern. Gold ohne Ende; Sardonyx und Juwelen, Peter! Reicher, gefältelter Samt – steife, scharrende, bestickte Gobelins!«

»Lehr mich das Wort.«

»Denk, Peter, an das Haus, das du bauen könntest. Es könnte aus weißem Marmor sein, in der Mitte jedes Blocks ein funkelnder Rubin. Das Tor könnte aus gehämmertem, massivem Gold sein, und das Haus könnte um einen schlanken Turm aus geschnitztem Elfenbein erbaut sein, der sich Meile um Meile in den türkisfarbenen Himmel erhebt. Du könntest die Wolken unter dir schweben sehen.«

»Lehr mich das Wort.«

»Deine Zunge könnte die Trauben zerdrücken, die wie geschmolzenes Silber schmecken. Du könntest stets den Gesang der Nachtigall und der Lerche hören, der so klingt, als mache der Morgenstern Musik. Der Geruch der Indischen Narde, die tausendmal tausend Jahre blüht, könnte dich ewig erfreuen. Deine Hände könnten die Daunen purpurner Himalaja-Schwäne spüren, die weicher sind als eine Wolke bei Sonnenuntergang.«

»Lehr mich das Wort.«

»Du könntest Frauen haben, deren Haut vom Schwarz des Ebenholzes bis zum Weiß des Schnees reicht. Du könntest Frauen haben, die hart wären wie Feuerstein, oder weich wie eine Wolke bei Sonnenuntergang.«

»Lehr mich das Wort.«

Der Guru grinste und sagte das Wort.

Nun weiß ich nicht, ob ich dieses Wort, das mir der Guru als letztes beigebracht hat, heute sagen werde oder morgen oder erst in einem Jahr.

Es ist ein Wort, das diesen Planeten explodieren lassen wird wie eine Stange Dynamit in einem verfaulten Apfel.

Schiff des Bösen

Es war das Frühlingsschwärmen des Planktons; jeder Mann, jede Frau und die meisten Kinder an Bord von Grenvilles Konvoi hatten ihre Aufgabe. Während die fünfundsiebzig gigantischen Segelschiffe ihre zwei Grad im Südatlantik durchpflügten, wimmelte es auch in der Flüssigkeit, die unter ihren Scheggs schäumte, von Leben. In den wenigen Wochen des Schwärmens, in dem wenige Meter tiefen Oberflächenwasser, wo das Sonnenlicht noch Kraft genug hatte, die Photosynthese auszulösen, barsten mikroskopisch kleine Sporen zu mikroskopisch kleinen Pflanzen, wurden von winzigen Tieren verschlungen, die ihrerseits in die Schlünde kaum sichtbarer Meeresungeheuer von beinahe zweieinhalb Millimeter Länge gerieten; diese wiederum wurden wild verfolgt und scharenweise verschlungen von den gierigen kleinen Heringen und Garnelen, die hundert Meilen grünes Wasser vor deinen Augen in geschmolzenes Silber verwandeln konnten.

Der Konvoi lenzte und kreuzte im weiten Zickzackkurs durch den silbernen Ozean des Schwärmens und erntete das Silber der See mit den endlos spulenden Bronzenetzen, die jedes Schiff hinter sich herschleppte.

Der Kommodore auf der ›Grenville‹ schlief während der Schwärmzeit nicht; er und sein Stab sandten Kutter aus, die Schwärme auszuspähen, lasen den Meteorologen das Wort vom Munde ab, verarbeiteten die endlosen Berichte der Spähboote und mühten sich während der Nacht ab, das Signal für die Morgendämmerung vorzubereiten. Die Großmastflaggen mochten den Kapitänen mitteilen: ›Konvoikurs fünf Grad rechts‹ oder ›Zwei Grad links‹, oder auch nur: ›Konvoikurs unverändert‹. Von diesen Morgensignalen hing für die nächsten sechs Monate das Leben der eineinviertel Millionen Seelen des Konvois ab. Es war nicht oft vorgekommen, aber doch geschehen, daß eine Folge von Mißgriffen die Ernte eines Konvois unter das für die Erhaltung des Lebens erforderliche Mindestmaß gedrückt hatte. Von solchen Konvois wurden manchmal Wracks gesichtet und geborgen; für das erste Entern brauchte man unempfindliche Männer und Frauen, die den menschlichen Abfall beseitigen mußten. Es kam Kannibalismus vor, eine Scheußlichkeit, die Alpträume verursachte.

Die fünfundsiebzig Kapitäne mußten während der Ernte ihr eigenes Fegefeuer erdulden, die Segel-Wade-Gleichung. Es war ihre Aufgabe, den Druck auf den Segeln und den Zug an den sich blähenden Wadenetzen auszugleichen, so daß der Druck den Zug genau um jene Zahl übertraf, die das Schiff auf Kurs und in Station hielt, unter Berücksichtigung aller vorstellbaren Variationen von Windstärke und -richtung, Wassertemperatur, Konsistenz der Heringsschwärme und Glätte des Schiffsrumpfes. Sobald der Fang eingesalzen war, versammelten sich die Kapitäne gewohnheitsmäßig auf der ›Grenville‹ zu einem rauschenden Fest.

Der Rang hatte seine Vorrechte. Solche Erleichterungen gab es nicht für die Netzoffiziere der Kapitäne oder ihre Untergebenen in Betrieb und Wartung, oder für ihre Nahrungsoffiziere, unter denen die Verarbeitungs- und Stau-Leute arbeiteten. Sie arbeiteten nur, warfen vierundzwanzig Stunden am Tag die Netze aus, blähten sie durch Taue von Mast- und Auslegergigs, spulten sie ständig über die große Trommel mittschiffs, kümmerten sich um die Klingen, die den Fang von den Netzen scharren mußten, ohne diese zu beschädigen, behoben die Schäden, wenn sie doch vorkamen; und ohne Unterbrechung der Ernte kochten sie im Schnellverfahren den Teil des Fangs, der gekocht werden mußte, trockneten den Teil, der zu trocknen war, preßten Öl aus der Ernte, wie gefordert, und verstauten, was gekocht und getrocknet und gepreßt war, wo es nicht verdarb, wo es die Trimmung des Schiffes nicht veränderte, wo Kinder nichts stehlen konnten. Das ging wochenlang so weiter, nachdem das Silber im Grün dünn und fleckig geworden und nachdem es ganz verschwunden war.

Die Arbeit von vielen wurde durch die Schwärmsaison gar nicht betroffen. Die Schmiede, die Segelmacher, die Zimmerleute, die Wasserpfleger, bis zu einem gewissen Grad die Lagerhalter waren tätig wie vorher, kümmerten sich um das Schiff, erneuerten, ersetzten, arbeiteten um. Die Schiffe waren Objekte aus Messing, Bronze und nichtrostendem Stahl. Phosphorbronzene Stränge wurden zu Netzen, Tauen und Kabeln geflochten; Tauwerk, Masten und Rumpf waren Metall; alle wurden täglich vom Ersten Offizier und seinen Männern und Frauen nach dem winzigsten Stecknadelkopf Rost untersucht. Der winzigste Stecknadelkopf Rost konnte sich ausbreiten; er konnte ein Schiff auf Grund schicken, bevor die Ausbreitung vollendet war, wie die Kapläne gern die Gläubigen erinnerten, wenn die Schiffe sonntags zur Kirche auftakelten. Um das höllische Rot des Eisenrosts und das unheimliche Blau des Kupferrosts fernzuhalten, waren die Ölertrupps ständig unterwegs, mit aus den Fängen destilliertem Öl. Allein Segel und Kleidung konnten nicht bewahrt werden; sie verbrauchten sich. Dafür zerhackten die Walkmaschinen tief unten verbrauchte Segel und Kleidung zu neuen Fasern und drehten und rollten sie mit Tang und Leim von den Fängen zu neuem Stoff für neue Segel und Kleidung.

Während das Plankton zweimal im Jahr schwärmte, konnte Grenvilles Konvoi den Südatlantik weiterhin befahren, vom Zehnmeilen-Limit zum Zehnmeilen-Limit. Nicht eines von den fünfundsiebzig Schiffen des Konvois besaß einen Anker.

Die Käpt'n-Party nach dem Ende der Schwärmzeit 283 kam nur langsam in Fahrt. McBee, dessen Schiff Backbordgeschwader 19 war, sagte zu Salter von Steuerbordgeschwader 30: »Um ehrlich zu sein, ich bin einfach zu erschöpft für eine Party, aber ich wollte den Alten nicht enttäuschen.«

Der Kommodore, frisch und braungebrannt, so daß man ihm

seine achtzig Jahre nicht ansah, stand auf der anderen Seite der großen Kabine und begrüßte Neuankömmlinge.

»Wenn Sie ausgeschlafen sind, fühlen Sie sich anders«, sagte Salter. »Eine tolle Ernte, was? Genug Wetter, um sie schwierig und interessant zu machen. Erinnern Sie sich an 276? Bei der bin *ich* in die Knie gegangen. Eine mühsame Geschichte. Aber diesmal wollte am fünfzehnten Tag mein Vormarssegel den Dienst aufkündigen, Riesenriß mittendurch, aber ich brauchte es für meinen S-W-Ausgleich. Was tun? Ich nahm einen Ballon-Spinnaker – Augenblick, lassen Sie mich erst ausreden, bevor Sie schimpfen – und pumpte meinen Bugtrimmtank leer. Peng! Kein Problem; Vormarssegel in fünfzehn Minuten ersetzt.«

McBee war entsetzt.

»Sie hätten Ihr Netz verlieren können!«

»Mein Wettermann schloß Sturmböen absolut aus.«

»Wettermann. Sie hätten Ihr Netz verlieren können!«

Salter betrachtete ihn.

»Das einmal zu sagen, war gedankenlos, McBee. Beim zweitenmal ist es beleidigend. Glauben Sie, ich würde mit zwanzigtausend Menschenleben spielen?«

McBee fuhr mit der Hand über sein Gesicht.

»Tut mir leid«, sagte er. »Ich sprach schon davon, daß ich erschöpft bin. Unter besonderen Umständen kann das natürlich ein gefahrloses Manöver sein.« Er ging zu einem Bullauge, um einen Blick auf sein eigenes Schiff zu werfen, das neunzehnte in der langen Reihe hinter der ›Grenville‹. Salter starrte ihm nach. ›Sein Netz verlieren‹ war ein Ausdruck, der in verschiedenen Sprichwörtern vorkam; er stand für abgrundtiefe Torheit. In Wirklichkeit war ein Schiff, das sein Phosphorbronze-Drahtnetz verlor, selbst verloren, und zwar geschwind. Man konnte mit Segeln improvisieren oder versuchen, aus der verbleibenden Takelage ein Notnetz herzustellen, aber zwanzigtausend Personen konnte man damit nicht ernähren, und nicht weniger waren für die Wartung erforderlich. Grenvilles Konvoi war einem Wrack begegnet, das sein Netz vor 240 verloren hatte; die Kinder erzählten noch Schauergeschichten davon, wie die Überreste von Backbord- und Steuerbordwachen, bis zum letzten Mann irrsinnig geworden, nächtliche Überfälle mit Messern und Knüppeln ausführten, bei denen bis zum Tod gekämpft wurde.

Salter ging zur Bar und ließ sich vom Steward des Kommodore den ersten Drink geben, einen Stahlbecher voll farbloser Flüssigkeit, destilliert aus Gärungsmaische von Beerentang. Sie hatte etwa vierzig Prozent Alkohol und schmeckte angenehm nach Jod.

Er hob den Kopf nach dem ersten Schluck und riß die Augen auf. Ein Mann in Kapitänsuniform unterhielt sich mit dem Kommodore, und er erkannte ihn nicht. Dabei hatte es in letzter Zeit keine Beförderungen gegeben!

Der Kommodore sah ihn herüberblicken und winkte ihm. Er salutierte und drückte dem alten Mann die Hand.

»Kapitän Salter«, sagte der Kommodore, »mein jüngster und unbesonnenster, und mein bester Erntearbeiter. Salter, das ist Kapitän Degerand von der Weißen Flotte.«

Salter gaffte den anderen unverhohlen an. Er wußte ganz genau, daß Grenvilles Konvoi durchaus nicht allein auf den Meeren segelte. Auf Wache hatte er von Zeit zu Zeit ferne Segel bemerkt. Er war sich bewußt, daß den Zwei-Grad-Gürtel nördlich von ihnen ein anderer Konvoi befuhr, und den im Süden wieder ein anderer, daß tatsächlich die auf dem Meer schwimmende Bevölkerung der Erde ständig eine Milliarde und achtzig Millionen betrug. Aber nie hatte er damit gerechnet, abgesehen von den eineinviertel Millionen, die unter Grenvilles Flagge segelten, einem davon zu begegnen.

Degerand war jünger als er, ganz sonnverbrannte Haut und blitzende spitze Zähne. Seine Uniform war ganz gewöhnlich und sehr seltsam. Er begriff Salters verwirrten Blick.

»Das ist gewebter Stoff«, sagte er. »Die Weiße Flotte fuhr ein paar Jahrzehnte nach Grenvilles Flotte aus. Inzwischen gab es

Maschinen, die Fasern fürs Spinnen erzeugen konnten, und damit wurden wir ausgerüstet. Es bleibt sich aber im Grunde gleich. Unsere Segel halten vielleicht länger als die Ihren, aber die Webstühle sind nur sehr mühsam wieder instandzusetzen, wenn etwas kaputtgeht.«

Der Kommodore hatte sie alleingelassen.

»Unterscheiden wir uns sehr von Ihnen?« fragte Salter.

»Unsere Unterschiede bedeuten nichts. Gegen die Dreckleute sind wir Brüder – Blutsbrüder.«

Der Ausdruck ›Dreckleute‹ war beunruhigend; die Gegenüberstellung mit ›Blut‹ noch mehr. Anscheinend bezog er sich auf alle diejenigen, die auf den Kontinenten und Inseln lebten – ein schockierender Bruch der Konvention, der Ehre, des Glaubens. Die Worte der Charta gingen Salter durch den Kopf: ›... Rückkehr auf das Meer und seine Gaben ... lossagen und abschwören dem Land, von welchem wir ...‹ Salter war zehn Jahre alt gewesen, bevor er überhaupt gewußt hatte, daß es Kontinente und Inseln gab. Sein Gesicht mußte verraten haben, was er empfand.

»Sie haben uns zum Untergang verurteilt«, sagte der fremde Kapitän. »Wir können uns nicht neu ausrüsten. Sie haben uns hinausgeschickt, jeden auf seine zwei Grad Ozean in größeren oder kleineren Konvois, wie der Reichtum der Fischschwärme es diktierte, und sie haben uns abgeschnitten. Für jeden von uns wird der katastrophale Sturm kommen, die schlechte Ernte, das verlorene Netz, der Tod.«

Salter hatte den Eindruck, daß Degerand diese Worte schon ausgesprochen hatte, gewöhnlich vor vielen Zuhörern.

Der Sprecher des Kommodore dröhnte: »Achtung!« Seine gewaltige Stimme füllte die Kabine mit Leichtigkeit; seine gewöhnliche Aufgabe bestand darin, mit einem Megaphon über eine Seemeile weit zu brüllen, um Flaggen- und Lichtsignale zu ergänzen. »Achtung!« dröhnte er. »Thunfisch auf dem Tisch – großer Fisch für große Seeleute!«

Ein grinsender Steward riß einen Filz vom Büfett, und da lag er, bei Gott! Ein großer, gebackener Fisch, lang wie ein Männerbein, rauchend heiß, mit Tang umlegt! Ein hungriges Gebrüll begrüßte ihn; die Kapitäne holten sich Tabletts und gingen mit ihnen an dem Steward vorbei, der große Scheiben absäbelte.

»Ich hätte mir nicht träumen lassen, daß es noch Kerle von dieser Größe gibt«, sagte Salter staunend zu Degerand. »Wenn man bedenkt, wieviele Tonnen Jungheringe der Bursche vertilgt haben muß!«

Der Fremde sagte dumpf: »Wir haben die Wale ausgerottet, die Haie, den Barsch, den Kabeljau, den Hering – alles, was vom Meer lebt, außer uns. Es gibt nur noch die winzigen Sprotten.«

Salter hatte inzwischen sein Tablett gefüllt.

»Die sind verläßlicher«, sagte er. »Ein Konvoi kann sich nicht aufs Fischerglück verlassen.« Er schob einen dampfenden Bissen in den Mund.

»Sicherheit ist nicht alles«, sagte Degerand. Er aß langsamer als Salter. »Ihr Kommodore sagte, Sie seien unbesonnen.«

»Das war ein Witz. Wenn es so wäre, müßte er mich ablösen.«

Der Kommodore kam heran, betupfte den Mund mit der Serviette und strahlte.

»Überrascht, wie?« sagte er. »Glasgows Ausguck hat den Riesenkerl gestern einen halben Kilometer entfernt entdeckt. Er signalisierte mir, und ich gab ihm Anweisung, ein Boot herunterzulassen und hinzurudern. Die Leute schlichen sich an und erwischten ihn mit dem Haken. Sehr tugendhaft von uns. Wir sparen Sprotten und sorgen für eine passende Feier für unsere Kapitäne. Eßt tüchtig! Es könnte der letzte sein, den wir zu sehen bekommen.«

»Sie können nicht ausgerottet sein, Kommodore«, widersprach Degerand. »Das Meer ist tief. Das genetische Potential läßt sich nicht zerstören. Wir verändern nur vorübergehend das Ernährungsgleichgewicht.«

»Haben Sie in letzter Zeit einen Pottwal gesehen?« fragte der Kommodore und zog die weißen Brauen hoch. »Holen Sie sich eine Portion, Kapitän, bevor der Fisch aufgegessen ist.«

Der Fremde verbeugte sich und ging zum Büfett.

»Was halten Sie von ihm?« fragte der Kommodore.

»Er hat recht extreme Ideen«, meinte Salter.

»Die Weiße Flotte scheint zu verkommen«, sagte der alte Mann. »Der Bursche tauchte vergangene Woche mitten in der Ernte mit einem Kutter auf und verlangte meine persönliche Aufmerksamkeit. Er ist beim Stab vom Kommodore der Weißen Flotte. Offenbar sind alle so wie er. Sie lassen nach; vielleicht überholt sie der Rost, vielleicht degenerieren sie. Ein Schiff hat sein Netz verloren, und sie haben es nicht weggeschickt. Sie haben Takelage von der ganzen Flotte genommen und ein Netz dafür gemacht.«

»Aber –«

»Aber – aber – aber. Natürlich war das falsch, und nun leiden sie alle darunter. Sie haben nicht mehr den Mumm, zu losen und ihre Verluste abzustoßen.« Er senkte die Stimme. »Sie denken an eine Art Überfall auf den Westlichen Kontinent, dieses Amerika, um Stahl und Bronze und was sie sonst finden können. Ist natürlich Unsinn, hervorgebracht von ein paar superklugen Burschen im Stab. Die Mannschaften machen da nie mit. Degerand wurde hergeschickt, um uns dazu einzuladen!«

Salter schwieg eine Weile, dann sagte er: »Ich hoffe nur, daß wir damit nichts zu tun haben werden.«

»Ich schicke ihn am Morgen zurück mit besten Grüßen und einer Ablehnung und dem Rat für seinen Kommodore, daß er das Ganze lieber fallenlassen soll, bevor seine eigene Mannschaft davon erfährt und ihn kielholt.« Der Kommodore lächelte schief. »Eine solche Antwort kann man natürlich nach einer hervorragenden Ernte leicht geben. Es wäre vielleicht schwerer, abzulehnen, wenn zwei von unseren Schiffen ohne Netze wären und wir nur soviel gefangen hätten, daß wir sechzig Prozent der Leute ernähren können. Glauben Sie, daß Sie unter solchen Umständen die harte Antwort geben könnten?«

»Ich glaube schon, Sir.«

Der Kommodore entfernte sich mit ausdrucksloser Miene. Salter glaubte zu wissen, was vorging. Er hatte einen kleinen Vorgeschmack vom obersten Kommando bekommen. Vielleicht wurde er auf den Kommodoreposten vorbereitet – natürlich nicht als Nachfolger des Alten, sondern als dessen Nachfolger.

McBee tauchte auf, voll Fisch und Schnaps.

»Dummes Zeug, was ich da geschwätzt habe«, stammelte er. »Trinken wir einen, vergessen wir's, ja?«

Er war gerne bereit.

»Verdammt guter Seemann!« schrie McBee nach ein paar Gläsern mehr. »Der beste Kapitän im ganzen Konvoi! Nicht so ein alter, ängstlicher Kerl wie der arme alte McBee, der vor jedem Windstoß Angst hat!«

Und dann mußte er McBee aufheitern, bis sich die Party langsam auflöste. McBee schlief endlich ein, und Salter brachte ihn zu seinem Gigboot, bevor er in das seine stieg und sich den langen Weg zu den schwankenden Masttopplichtern seines Schiffes zurückrudern ließ.

Steuerbordgeschwader Dreißig ruhte in der Nacht. Nur die sich langsam bewegenden Öllampen der Frauen auf ihren endlosen Rostkontrollgängen waren lebendig. Der getrocknete Sprottenfang machte an die siebentausend Tonnen aus, ein angenehmer Vorsprung gegenüber den 5670 Tonnen, die für sechs Monate volle Ration vor dem Schwärmen und der Ernte im Herbst benötigt wurden. Die Trimmtanks am Kiel waren durch die derzeitige Gefängnisbevölkerung des Schiffes fast trockengepumpt worden, als man die gekochten und getrockneten und gesalzenen Würfel in die verglasten Lagerräume geschafft hatte; das riesige Fahrzeug lag ruhig auf einer dünenden See vor einer Westbrise mit Windstärke Eins.

Salter war erschöpft. Er überlegte kurz, ob er seinen Bootsführer nach einem Steuermannsstuhl pfeifen lassen sollte, damit er das Fünfzigmeterkliff des Rumpfes hinaufgezogen werden konnte, verzichtete aber bedauernd darauf. Der Rang hat seine Vorrechte und auch seine Verpflichtungen. Er stand im Boot auf, sprang auf die Leiter und begann mit dem langen Aufstieg. Als er an den Bullaugen der Kabinenreihen vorbeikam, hielt er tugendhaft die Augen auf die Bronzeplatten des Rumpfes gerichtet. Viele Paare würden in der privaten Umgebung ihrer Doppelkabinen das Ende der zermürbenden, pausenlosen Mühsal feiern. An Bord schätzte man seine Privatsphäre; die 648 Kubikfuß Kabine, das eigene Bullauge, gewannen eine beinahe religiöse Bedeutung, vor allem nach Wochen gemeinsamer Arbeit.

Er bemühte sich, nicht zu keuchen, als er auf Deck sprang. Zuschauer gab es keine. Er kam sich ein wenig lächerlich und verloren vor, als er im Dunkeln achtern ging, nur den Wind und das Knarren der Takelage in den Ohren. Die fünf großen Korbmasten reckten sich lautlos hinter ihren schwellenden Segeln; er blieb einen Augenblick neben dem riesigen Mittwochsmast stehen und legte die Hand darauf, um die in seinem stählernen Gitterwerk vibrierende Kraft zu spüren.

Sechs angespannte Frauen gingen vorbei, mit ihren Handlampen das Deck ableuchtend; er fuhr zurück, obwohl sie ihn gar nicht bemerkten. Bei ihrer Arbeit befanden sie sich in einer Art Trance. Die Höflichkeitsregeln galten für sie nicht; mit ihnen begann das Überleben. Eintausend Frauen, fünf Prozent der Schiffsbevölkerung, inspizierten Tag und Nacht nach Korrosionsspuren. Meerwasser ist eine zersetzende Flüssigkeit, und das Schiff mußte darin leben; die Antwort war Fanatismus.

Seine Kabine über dem Ruder wartete; die Luke zu ihr schimmerte dreißig Meter vor ihm im Licht einer verschwenderischen Laterne. Nach der Ernte, wenn die Tanks randvoll mit Öl gefüllt waren, benahmen sich manche so, als würden sie das immer sein. Der Kapitän ging müde zur Luke und blies die Lampe aus. Bevor er hinunterstieg, schaute er sich mechanisch noch einmal um; alles in Ordnung –

Bis auf einen blassen Fleck an den Loten.

»Hört der Tag nie auf?« sagte er zu der dunklen Laterne und ging zu den Loten. Der Fleck war ein kleines Mädchen im Nachthemd, das ziellos auf Deck herumwanderte, den Daumen im Mund. Sie schien nicht älter als zwei Jahre zu sein.

Er hob sie hoch.

»Wer ist dein Papi, Prinzessin?« fragte er.

»Weiß nicht«, sagte sie feixend. Er schüttelte den Kopf. Natürlich wußte sie es. Es war zu dunkel, um ihr Erkennungshalsband zu lesen, und er war zu müde, die Laterne wieder anzuzünden. Er ging zu den Inspektorinnen und sagte zur Anführerin: »Eine von euch soll die Kleine zu ihren Eltern zurückbringen.«

»Sir, wir haben Wache«, sagte die Frau empört.

»Beschweren Sie sich meinetwegen beim Kommodore. Nehmt das Kind.«

Eine der Frauen tat es und streichelte das Kind, während ihre Vorgesetzte Salter anfunkelte.

»Leb wohl, Prinzessin«, sagte der Kapitän. »Eigentlich müßte man dich kielholen, aber ich lasse nochmal Gnade vor Recht ergeben.«

»Bye-bye«, sagte die Kleine und winkte, und der Kapitän stieg gähnend zu seiner Kabine hinunter.

Sie war größer als die Doppelkabinen für Paare, aber dafür mangelte ihr etwas anderes. Offiziere über dem Rang eines Leutnants waren unverheiratet. Die Erfahrung hatte gelehrt, daß nur dadurch Nepotismus vermieden werden konnte, den sich kein Konvoi zu leisten vermochte.

Weil er glaubte, nicht schlafen zu können, schlief er nicht.

Ehe. Kinder. Wie seltsam das sein mußte. Ein Bett mit einer Frau zu teilen, eine Kabine mit zwei Kindern hinter ihrem Wandschirm, sechzehn Jahre lang – worüber sprach man im Bett? Seine letzte Geliebte hatte kaum gesprochen, außer mit den Augen. Als sie verrieten, daß sie sich in ihn zu verlieben begann, hatte er mit ihr gebrochen und sich seither eine Nachfolgerin versagt. Das war zwei Jahre her, als er achtunddreißig gewesen war. Sie hatte etwas Besseres verdient gehabt. Er hoffte, daß sie inzwischen verheiratet war.

Eine Pfeife schrillte über seinem Kopf; jemand blies in eines von dem Dutzend Sprachrohren. Ein Draht öffnete den Deckel von Rohr Sieben. Er griff resigniert nach dem biegsamen Schlauch und sagte hinein: »Hier ist der Kapitän. Was gibt es?«

»Die ›Grenville‹ kündigt eine Sturmbö Stärke Drei von achtern an, Sir.«

»Sturmbö Stärke Drei von achtern. Steuerbordwache antreten lassen. Segel reffen für Zustand Charlie.«

»Steuerbordwache, Segel reffen für Zustand Charlie. Ayeaye, Sir.«

Der Deckel des Sprachrohrs klappte zu. Augenblicklich hörte er das schrille Pfeifen und das schwache Vibrieren, als ein Sechstel der Deckbesatzung sich regte, durch die Korridore trappte und durch die Luken hinaufkletterte. Er stand mühsam auf und zog sich gähnend an. Reffen vom Zustand Fox zum Zustand Charlie war keine ernste Sache, nicht einmal im Dunkeln, und Walters, der die Wache kommandierte, war ein tüchtiger Offizier. Trotzdem gedachte er sich umzusehen.

Wegen des Flachdecks gab es keine Brücke für ihn. Er überwachte das Schiff vom ›ersten Topp‹ des Freitagsmasts aus, dem hintersten der fünf. Der ›erste Topp‹ war ein besserer Ausguck in fünfzehn Meter Höhe; von dort aus konnte er alle Masten und Sparren überblicken.

Er stieg hinauf. Vollmond beleuchtete die Szene, das war gut. Um so geringer die Gefahr, daß ein unerfahrener Toppmann stolperte und hinunterfiel. Um so schneller ging das Reffen. Er war plötzlich davon überzeugt, daß er würde schlafen können, falls er je ins Bett kam.

Er richtete einen Blick auf die bronzenen, mondbeschienenen Haufen des großen Netzes an den Loten. Binnen einer Woche würde es gesäubert und geölt sein, binnen zwei Wochen verstaut vor Wind und Wetter.

Die Regimenter der Steuerbordwache schwärmten an den Masten hinauf, von Montag bis Freitag, an den Sparren entlang, während Bootsmannspfeifen schrillten –

Die Bö schlug zu.

Wind kreischte und zerrte an ihm; der Kapitän schlang die Arme um eine Stütze. Regen trommelte auf seinen Kopf, und das Schiff schwankte langsam von Back- nach Steuerbord. Hinter ihm scharrte es metallisch, als das Bronzenetz verrutschte.

Die plötzlich aufgetauchten Wolken verdeckten den Mond. Er konnte die Männer auf den Rahen nicht mehr sehen, aber mit plötzlicher und schrecklicher Deutlichkeit spürte er durch die Fußsohlen, was sie taten. Sie krallten sich, blind und betäubt durch Graupelschauer und Wind, voran. Sie waren aus dem Takt; sie versuchten nicht mehr, an jedem Mast die Segel gleichmäßig zu kürzen; sie versuchten, ihre Arbeit zu tun und hinunterzusteigen. Der Wind kreischte ihm ins Gesicht, als er sich herumdrehte. An den Masten Montag und Dienstag waren sie mit der Arbeit voraus, an Donnerstag und Freitag hintennach.

Das Schiff würde also stampfen. Der Wind würde es ungleich packen, und es würde im Gebet niederknien, während der Schegg hinabtauchte, das Heck sich majestätisch erhob, bis der oberste Ruderzapfen einen Wasserfall von dreißig Metern Höhe ins schäumende Kielwasser stürzen ließ.

Das war die Hälfte des Stampfens. Es trat ein, und der Kapitän klammerte sich ächzend fest. Er hörte über dem heulenden Wind, wie unbefestigte Ausrüstung über Deck rutschte. Er hörte ein lautes Klirren am Heck und biß sich in die Unterlippe, bis das Blut herausrann und vom kalten Regen weggespült wurde.

Das Stampfen erreichte seinen Höhepunkt, und die zweite Hälfte begann, nach endlosen Augenblicken, in denen das Schiff in einem Winkel von fünf Grad erstarrt zu sein schien. Der Schegg hob sich, stieg empor, immer weiter, der Bugspriet verdeckte Sterne am Horizont, die Ausrüstung auf Deck rutschte achtern mit einer Lawine von Ballen, Winden, Wasserbrechern, Standspulen, Sonnenreflektoren, schnalzenden Bronzetauen –

In die aufgetürmten Haufen des Schleppnetzes hinein, die an den beiden großen Pollern befestigt waren. Der Anprall schleuderte den Bauch des Netzes ins Meer. Die Poller hielten noch.

Ein Spannkabel sirrte und riß, dann brach das zweite Kabel. Das dröhnende Klirren der Bronzeglieder erschütterte das Schiff.

Die Sturmbö endete so plötzlich, wie sie gekommen war; die Wolken fegten weiter, und der Mond tauchte wieder auf, schien auf ein leergefegtes Deck. Das Netz war verschwunden.

Kapitän Salter schaute die fünfzehn Meter vom Rand des Krähennestes hinunter und dachte: Ich sollte springen. So ginge es schneller.

Aber er tat es nicht. Er stieg langsam die Leiter hinunter auf das nackte Deck.

Ohne elektrische Anlagen war das Schiff notwendigerweise eher eine repräsentative Republik als eine Demokratie. Zwanzigtausend Menschen können nur mit Hilfe von Mikrofonen, Lautsprechern und Schnellrechnern zur Abwägung von Ja und Nein diskutieren und entscheiden. Mit Lungenkraft als einzigem Kommunikationsmittel und einem Rechenbrett in der Hand eines Bürogehilfen als einzige Addiermaschine, können gewiß nicht mehr als fünfzig Leute miteinander reden und noch Vernünftiges zustandebringen, und Pessimisten meinen, es seien eher fünf als fünfzig. Der Schiffsrat, der sich in der Morgendämmerung versammelte, umfaßte fünfzig Personen.

Es war ein herrlicher Morgen mit lachsfarbenem Himmel, leuchtender See, den schneeweißen Segeln des Konvois in weitem Bogen über sechzig Meilen Meeresblau.

Es war die Art von Morgen, für die man lebte – ein kompletter Fang, eingesalzen, die Wasserfässer gefüllt, die Verdunster ließen aus ihren tausend Rohren vierzig Liter täglich tropfen, Wind genug für leichtes Steuern, und stolz geschwellte Segel. Das waren die Belohnungen. Vor einhunderteinundvierzig Jahren war Grenvilles Konvoi in Newport News ausgelaufen, um sie einzufordern.

Die Männer und Frauen, die an Bord gegangen waren, hatten sich für Helden gehalten, Eroberer der Natur, Selbstopfer zum Ruhm von NOM! Aber NOM bedeutete nur Nordost-Metropole, ein dichtes Gewimmel, das sich von Boston bis Newport erstreckte, emporragend, in die Tiefe reichend, nach Westen vordringend, Pittsburgh vereinnahmend, erst nach Cincinnati auslaufend.

Die erste Generation auf See seufzte nach der Kultur von NOM, tröstete sich mit ihrem patriotischen Opfer; jede Erleichterung war besser als nichts, und Grenvilles Konvoi hatte dem Gedränge eineinviertel Millionen Menschen entzogen. Sie waren aufs Meer emigriert; wie alle Emigranten sehnten sie sich nach der Heimat. Dann die zweite Generation. Wie alle zweiten Generationen, hatte sie keine Geduld mit den alten Leuten und ihren Geschichten. Dies hier war wirklich, diese See, dieser Sturm, dieses Tau! Dann die dritte Generation. Wie alle dritten Generationen spürte sie eine plötzlich verzweifelte Hohlheit und einen Mangel an Identität. Was war wirklich? Wer sind wir? Was ist NOM, das wir verloren haben? Aber die Großeltern konnten inzwischen nur noch Vages murmeln, das kulturelle Erbe war dahin, in drei Generationen vergeudet, für immer verbraucht. Wie immer störte das die vierte Generation nicht.

Und diejenigen, die dem Rat jetzt angehörten, waren von der fünften und sechsten Generation. Sie wußten alles, was es über das Leben zu wissen gab. Das Leben waren der Rumpf und die Masten, das Segel und die Takelage, das Netz und die Verdunster. Nicht mehr. *Nicht weniger.* Ohne Masten gab es kein Leben. Auch nicht ohne Netz.

Der Schiffsrat erteilte keine Befehle; die kamen vom Kapitän und den Offizieren. Der Rat regierte und führte von Zeit zu Zeit Kriminalprozesse. Im schwarzen Winter Ohne Ernte vor achtzig Jahren hatte er Euthanasie für alle Personen über dreiundsechzig Jahren und für jeden zwanzigsten der anderen Erwachsenen an Bord verfügt. Er hatte blutig über die Anführer von Peales Meuterei geurteilt. Er hatte sie ins Kielwasser geschickt, und Peale war an den Bugspriet genagelt worden. Seitdem hatte kein Größenwahnsinniger mehr versucht, das Leben für seine Schiffsgenossen interessant zu machen.

Die fünfzig Personen vertraten alle Abteilungen des Schiffes und sämtliche Altersgruppen. Wenn es an Bord Weisheit gab, so war sie hier konzentriert. Aber es gab wenig zu sagen.

Der Älteste, Segelmacher im Ruhestand Hodgins, führte den Vorsitz. Mit mächtigem Bart, noch kraftvoll sprechend, erklärte er: »Schiffsgenossen, unser Unfall ist geschehen. Wir sind tote Leute. Der Anstand verlangt, daß wir die Qual nicht verlängern und zu – unerlaubtem Verzehr herabsinken. Die Vernunft sagt uns, daß wir nicht überleben können. Ich schlage einen ehrenhaften freiwilligen Tod für uns alle vor, und die Hinterlassenschaft unseres Schiffes soll nach Gutdünken des Kommodore unter die übrigen Schiffe des Konvois verteilt werden.«

Er hatte wenig Hoffnung, daß sein Altmännerstandpunkt sich durchsetzen würde.

Die Chefinspektorin erhob sich sofort. Sie hatte nur drei Worte zu sagen: »*Nicht meine Kinder.*«

Frauenköpfe nickten grimmig, die der Männer resigniert.

Anstand und Pflicht und gesunder Menschenverstand waren gut und schön, bis man an dieses stählerne Schott rannte. *Nicht meine Kinder.*

Ein intelligenter junger Geistlicher fragte: »Ist schon einmal die Frage geprüft worden, ob eine Sammlung unter der ganzen Flotte genug Tauwerk für ein neues Netz ergeben könnte?«

Kapitän Salter hätte darauf antworten können, aber er, Mörder von zwanzigtausend Seelen, die ihm anvertraut, konnte nicht sprechen. Er wies mit einer Kopfbewegung auf seinen Signaloffizier.

Leutnant Zwingli griff nach seiner Signaltafel, als müsse er sein Gedächtnis auffrischen. Er sagte: »Um 00.35 Uhr wurde der ›Grenville‹ mit Lampensignalen mitgeteilt, daß wir unser Netz verloren haben. Die ›Grenville‹ erwiderte Folgendes: ›Ab sofort Ihr Schiff nicht mehr Teil des Konvois. Habe keine Vorschläge. Persönliches Mitgefühl und Bedauern. Gezeichnet: Kommodore.‹«

Kapitän Salter fand seine Stimme.

»Ich habe der ›Grenville‹ und anderen Schiffen in der Nähe weitere Mitteilungen gemacht. Sie antworten nicht. So gehört es sich. Wir sind nicht mehr Teil des Konvois. Wir können keine Hilfe erwarten. Ich kann niemand verdammen. So ist das Leben.«

Und dann meldete sich ein Ratsmitglied, das Salter in einer anderen Rolle kannte. Es war Jewel Flyte, das hochgewachsene, blasse Mädchen, das vor zwei Jahren seine Geliebte gewesen war. Sie mußte als Ersatzperson hier sein, dachte er, während er sie mit neuen Augen ansah. Er wußte nichts von ihr, weil er sie gemieden hatte. Und verheiratet war sie nicht, sie trug keinen Ring. Sie trug das Haar auch nicht streng nach hinten gebunden, wie die halboffiziellen freiwilligen Keuschen, die Superpatrioten – oder Sexscheuen oder gegen Kinder Eingestellten – die auf ihr Recht auf Fortpflanzung zum Wohl des Schiffes – oder zu ihrem eigenen Gusto – verzichteten. Sie war einfach ein Mädchen in der Uniform eines – eines was? Er mußte nachdenken, bevor er begriff, was das Abzeichen bedeutete. Sie war Schiffsarchivarin mit gekreuztem Schlüssel und Feder, eine obskure Gehilfin weit unter dem Chef der Verwaltungsschreiber. Man mußte sie aus Mitleid für die Sackgassenkarriere in den Rat gewählt haben.

»Meine Aufgabe«, sagte sie mit ihrer ruhigen Stimme, »besteht hauptsächlich darin, im Logbuch Präzedenzfälle zu suchen, wenn ungewöhnliche Vorfälle aufgezeichnet werden müssen und niemand auf Anhieb weiß, in welcher Form das zu geschehen hat. Einer muß das wohl tun, aber es nimmt einen nicht voll in Anspruch. Ich hatte deshalb viel freie Zeit während der Arbeit. Außerdem bin ich unverheiratet geblieben und neige nicht zu Sport oder Spiel. Ich sage Ihnen das, damit Sie mir glauben, wenn ich mitteile, daß ich in den vergangenen zwei Jahren das Logbuch des Schiffes ganz gelesen habe.«

Es erhob sich Gemurmel. Wahrlich etwas Erstaunliches und erstaunlich Sinnloses! Wind und Wetter, Stürme und Kalmen, Botschaften und Begegnungen und Zählungen, Verbrechen, Prozesse und Strafen von hunderteinundvierzig Jahren; unerträglich langweilig!

»Ich habe etwas gelesen, das sich auf unser Dilemma beziehen könnte«, fuhr sie fort. Sie nahm eine Tafel aus ihrer Tasche und las vor: »Auszug aus dem Logbuch vom 30. Juni, Konvoi-Jahr 72. ›Die Shakespeare-Joyce-Melville-Gruppe kehrte nach Einbruch der Dunkelheit mit dem Gigboot zurück. Von ihren Absichten hat sie nichts verwirklichen können. Sechs waren tot, alle Leichen geborgen. Die übrigen sechs waren seelisch erschüttert, kamen aber zu sich. Sie sprachen von einer neuen Religion an Land und ihren Folgen auf die Bevölkerung. Ich bin davon überzeugt, daß wir Meerbewohner mit den Kontinentalen nicht mehr zusammenleben können. Die heimlichen Fahrten an Land werden eingestellt. Gezeichnet: Kapitän Scolley.‹«

Ein Mann namens Scolley lächelte für einen kurzen, stolzen

Augenblick. Sein Ahne! Und dann wartete er wie die anderen darauf, daß der Auszug einen Sinn ergab. Wie die anderen fand er, daß es keinen gab.

»Und was sollen wir damit?« sagte Salter nach einigem Zögern.

»Es ergibt sich daraus, daß die Charta bis zum Konvoi-Jahr 72 regelmäßig verletzt worden ist, mit Zustimmung aller betroffenen Kapitäne«, sagte sie ruhig. »Ich schlage vor, daß wir uns überlegen, sie ein weiteres Mal zu verletzen, um zu überleben.«

Die Charta. Sie war in Phosphorbronzeplatten am Montagsmast jedes Schiffes eingemeißelt, und der Text lautete:

ZUR RÜCKKEHR AUF DIE SEE UND IHRE GABEN SAGEN WIR UNS LOS UND SCHWÖREN AB FÜR UNS UND UNSERE NACHKOMMEN DEM LAND, DEM WIR ENTSTAMMEN: ZUM GEMEINEN WOHL DER MENSCHHEIT SETZEN WIR FÜR EWIG DIE SEGEL.

Mindestens die Hälfte der Ratsmitglieder murmelte die Worte vor sich hin.

Hodgins erhob sich bebend.

»Blasphemie!« sagte er. »Die Frau gehört bestraft!«

Der Geistliche sagte nachdenklich: »Ich weiß ein wenig mehr darüber, was Blasphemie ist, als Segelmacher Hodgins, denke ich, und ich versichere Ihnen, daß er sich irrt. Es ist ein abergläubischer Irrtum, zu glauben, daß es für die Charta eine religiöse Gutheißung gibt. Sie ist keine Verfügung Gottes, sondern ein Vertrag zwischen Menschen.«

»Es ist eine Offenbarung!« schrie Hodgins. »Eine Offenbarung! Das neue Testament! Gottes Finger, der den Weg zum sauberen, harten Leben auf See weist, fort von Schmutz und Krankheit und Übervölkerung!«

Das war eine verbreitete Ansicht.

»Und was ist mit meinen Kindern?« fuhr die Chefinspektorin auf. »Will Gott, daß sie verhungern oder ge- ge-« Sie konnte die Frage nicht aussprechen, aber das letzte unausgesprochene Wort dröhnte in allen Gehirnen.

Gegessen.

An Bord mancher Schiffe, wo die Älteren zufällig die Mehrheit hatten, bei anderen, wo die Charta zu einem glühenden Kult erhoben worden war, hätte man vielleicht für den Selbstmord gestimmt. An Bord wieder anderer Schiffe hätte es Verwirrung und Unentschlossenheit und die unvermeidlichen Abstürze in die Barbarei gegeben. Auf Salters Schiff entschied der Rat mit Mehrheit, eine kleine Gruppe zur Prüfung an Land zu schicken. Man gebrauchte jede vorstellbare Beschönigung, um die Aktion zu beschreiben, entschloß sich erst nach sechs Stunden, und saß schließlich da, als müsse jeden Augenblick ein Blitz vom Himmel niedersausen.

Die Gruppe sollte bestehen aus Salter, Kapitän; Flyte, Archivarin; Pemberton, Kaplan; Graves, Chefinspektorin.

Salter stieg am Freitagsmast zu seinem Krähennest hinauf, konsultierte eine Seekarte aus den Archiven und gab die Order: »Kurs ändern rot vier Grad.«

Die Wiederholung tönte ungläubig zurück.

»Ausführen«, sagte er. Das Schiff knarrte, als achtzig Mann die Ruderpinne drehten. Zunächst unmerklich begann sich das Kielwasser hinter ihnen zu biegen.

Schiff Steuerbord 30 löste sich aus seiner alten Position; von Steuerbord 31 konnte man über eine Meile hinweg die Bootsmannspfeife schrillen hören, als Segel gesetzt wurden, um die Lücke zu schließen.

Sie hätten wenigstens etwas signalisieren können, dachte Salter, als er endlich das Glas sinken ließ. Aber der Masttopp von 31 blieb nackt bis auf den Erkennungswimpel.

Er pfiff seinen Signaloffizier herauf und deutete auf ihren Wimpel.

»Nehmen Sie das Ding ab«, sagte er rauh und ging hinunter in seine Kajüte.

Der neue Kurs würde sie vor einen Ort bringen, der auf der Karte als New York City bezeichnet war.

Salter erteilte Leutnant Zwingli, was er für seine letzten Befehle hielt; das Walfangboot wartete in seinen Davits; die anderen drei waren schon eingestiegen.

»Sie halten Ihre Position hier, so gut Sie können«, sagte der Kapitän. »Wenn wir am Leben bleiben, sind wir in etwa zwei Monaten wieder hier. Sollten wir nicht zurückkommen, wäre das ein starkes Argument gegen das Anlanden des Schiffes und den Versuch, vom Kontinent leben zu wollen – aber das wird dann Ihr Problem sein, nicht mehr das meine.«

Sie salutierten voreinander. Salter sprang in das Boot, gab den Matrosen ein Signal, und der lange, knarrende Weg nach unten begann.

Salter, Kapitän; Alter vierzig Jahre; unverheiratet *ex officio;* Eltern Clayton Salter, Instrumentenwartungsmeister, und Eva Romano, Diätspezialistin; Seemannszeugnis mit sechzehn Jahren, Navigationszeugnis mit 20, Kadett mit 24, Leutnant mit 30, Fregattenkapitän mit 32, Kapitän von Steuerbord-Schiff 30 im selben Jahr.

Flyte, Archivarin, 25; unverheiratet; Eltern Joseph Flyte, Unterhalter, und Jessie Wagoner, Unterhalterin; Schulzeugnis A mit 16, Schulzeugnis B mit 18. Leistungsbewertung 3,5.

Pemberton, Kaplan, 30; verheiratet mit Riva Shields, Krankenschwester; keine Kinder, aus freiem Entschluß; Eltern Will Pemberton, Wasserpflegemeister, und Agnes Hunt, Walkmaschinenarbeiterin; Theologieschulzeugnis mit 20; Kurat für mittlere Steuerbordwache, später Kaplan, später Steuerbordwache.

Graves, Chefinspektorin, 34, verheiratet mit George Omany, Schmied; zwei Kinder; Inspektorenschulzeugnis mit 16; Inspektorin dritter Klasse, zweiter Klasse, erster Klasse, dann Chefinspektorin. Leistungsbewertung 4,0; drei Belobigungen.

Gegen den Kontinent von Nordamerika.

Sie ruderten alle eine Stunde, dann kam Wind auf, und Salter richtete den Mast auf.

»Riemen einziehen«, sagte er und wünschte sich, den Befehl widerrufen zu können. Jetzt würden sie Zeit haben, über das, was sie taten, nachzudenken.

Schon das Wasser, durch das sie segelten, unterschied sich in der Farbe von dem tiefen Wasser, das sie kannten, und auch in der Bewegung. Das Leben darin –

»Großer Gott!« rief Mrs. Graves und deutete achtern.

Es war ein riesiger Fisch, halb so groß wie ihr Boot. Er sprang träge an die Oberfläche und tauchte wieder unter. Sie hatten stahlgraue Haut gesehen, keine Schuppen, und einen großen Maulschlitz.

Salter sagte betroffen: »Unfaßbar. Nun, in den unbefischten Küstengewässern konnten vielleicht einige große Arten überleben. Und die mittelgroßen, ihre Nahrung –« Und kleinere für *deren* Nahrung, und –

War es nur stolze Überheblichkeit zu behaupten, daß der Mensch das Leben im Meer unwiderruflich verändert hatte?

Die Nachmittagssonne stand tief, und der Topp vom Montagsmast verschwand achtern unter dem Horizont; die Brise, die ihr Segel füllte, trieb sie auf einen Nebel zu, der verschwommene Umrisse einhüllte, die genauer zu studieren sie sich fürchteten. Eine schattenhafte Gestalt, hoch wie ein Mast, mit erhobenem Arm; dahinter massive Blöcke.

»Das ist das Ende der See«, sagte der Kapitän.

»Unsinn!« sagte Mrs. Graves. Dann stammelte sie: »Verzeihen Sie, Kapitän. Sie haben natürlich recht.«

»Aber es klang seltsam«, sagte Pemberton. »Ich möchte wissen, wo sie alle sind?«

»Wir hätten schon über die Abfälle aus den Rohren kommen müssen«, sagte Jewel Flyte ruhig. »Sie pumpen ihre Abfälle unter dem Wasser mit Rohren hinaus, ein paar Meilen weit. Das Wasser verfärbte sich und stank. Während der ersten Schiffsjahre wußten die Kapitäne durch die Farbe und den Gestank, wann es Zeit war, abzudrehen.«

»Sie müssen ihr Abwassersystem verbessert haben«, sagte Salter. »Es sind ja Jahrhunderte.«

Sein letztes Wort hing in der Luft.

Der Geistliche betrachtete den Dunst vom Bug aus. Man konnte es nicht bestreiten; das riesige Ding war ein Idol. Aus der Bucht einer großen Stadt emporragend, ein Idol, und ein weibliches dazu – das schlimmste, was es gab!

»Ich dachte, die haben sie nur an Hohen Orten«, murmelte er entmutigt.

Jewel Flyte begriff.

»Ich glaube, es hat keine religiöse Bedeutung«, meinte sie. »Es ist eine Art – Riesenschnitzerei.«

Mrs. Graves studierte das gewaltige Ding und schüttelte den Kopf. Schnitzereien hoch wie ein Mast!

Eigentlich sollte sich hier etwas tun, dachte der Kapitän. Boote mußten unterwegs sein. Der Ort vor ihnen war offenkundig eine Insel, offenkundig bewohnt; Waren und Personen sollten hin- und herbefördert werden. Gigboote und Kutter und Walfänger sollten die Bucht und diese beiden Flüsse befahren. Man sah nichts als ein paar weiße Vögel, die nervös schrien.

Die massiven Blöcke tauchten aus dem Dunst auf; es waren sonnenuntergangsrote Würfel mit regelmäßigen schwarzen Augen; gewaltige, nebeneinander gelegte Spielwürfel, jeder so groß wie ein Schiff, und damit fähig, zwanzigtausend Menschen aufzunehmen.

Wo waren sie alle?

Wind und Flut trieben sie eilig durch die Enge, wo Hunderte von Booten zu erwarten gewesen wären.

»Segel einrollen«, sagte Salter. »Riemen heraus.«

Ohne ein anderes Geräusch als das Knarren der Dollen, die Schreie der weißen Vögel und das Klatschen der kleinen Wellen ruderten sie unter dem Schatten der riesigen roten Würfel zu einem Dock, einem von hundert Zähnen, die sich von der Insel hinausreckten.

»Steuerbordriemen langsam«, sagte Salter. »Backbord kräftig. Riemen hoch. Kaplan den Bootshaken.« Er hatte sie zu einer Stahlleiter gebracht; Mrs. Graves stöhnte, als sie die dicke Rostschicht sah. Salter befestigte die Vorleine an einem verwitterten Eisenring. »Kommt mit«, sagte er und begann hinaufzusteigen.

Als sie auf den Eisenplatten des Docks standen, betete Pemberton natürlich. Mrs. Graves achtete nur halb darauf, ein großer Teil ihrer Aufmerksamkeit war auf die schäbige Aussicht gerichtet – Rost, Staub, Gerümpel, Unordnung. Was in Jewel Flytes Gehirn vorging, war ihrem Gesicht nicht anzumerken. Und der Kapitän ließ den Blick über die schwarzen Fenster hundert Meter bordeinwärts – nein; landeinwärts! – gleiten und wartete und wunderte sich.

Sie gingen endlich darauf zu, Salter voran. Von der Nähe waren die riesigen Würfel nicht so absurd wie aus der Entfernung. Über dem Eingang stand: ›Die Herbert Brownell Memorial-Häuser‹. Beim Anblick einer Bronzeplatte durchzuckte sie alle ein Schuldgefühl, als sie an die Charta dachten, aber der Text war anders und unedel.

MITTEILUNG AN ALLE BEWOHNER.

Eine Projektwohnung ist ein Vorrecht und kein Anrecht. Tägliche Inspektion ist der Eckstein des Projekts. Erscheinen mindestens einmal wöchentlich in der Kirche oder Synagoge Ihrer Wahl ist Voraussetzung für Familien, die anerkannt bleiben wollen; Nachweis für das Erscheinen ist auf Verlangen vorzulegen. Besitz von Tabak oder Alkohol gilt als Beweis für Unerwünschtheit. Übermäßiger Verbrauch an Wasser und Energie und Nahrungsmittelverschwendung bieten Anlaß zur Überprüfung der Erwünschtheit. Das Sprechen anderer Sprachen als Amerikanisch von Personen über sechs Jahren wird als Beweis der Nichtanpassungsfähigkeit betrachtet, allerdings soll damit nicht religiöses Rituell in anderen als amerikanischer Sprache unterbunden werden.

Darunter befand sich eine zweite Platte aus hellerer Bronze, eine Nachschrift:

Nichts von dem Voranstehenden darf dahingehend ausgelegt werden, daß es die Ausübung der Verderbtheit unter dem Deckmantel der Religion unter welchem Namen auch immer deckt, und alle Bewohner werden darauf hingewiesen, daß jedes Versäumnis, die Ausübung der Verderbtheit zu melden, zur umgehenden Räumung und Anzeige führt.

Um diese spätere Platte hatte eine Hand mit den groben Strichen eines Teerpinsels eine Art anatomische Gestalt geschmiert, die sie alle mit verblüfftem Ekel betrachteten.

Endlich sagte Pemberton: »Sie waren ein frommes Volk.« Niemand bemerkte die Vergangenheitsform, so passend war sie.

»Sehr vernünftig«, sagte Mrs. Graves. »Keinen Sinn für Dummheiten.«

Salter gab ihnen im stillen unrecht. Ein Schiff, das mit solch säuerlichem Zwang geführt wurde, wäre nach einem Monat gestrandet. Konnten Landmenschen so anders sein?

Jewel Flyte sagte nichts, aber ihre Augen waren feucht. Vielleicht dachte sie an angstvolle menschliche Ratten, die durch das unmenschliche Labyrinth von großen Ängsten und kleinen Belohnungen gehuscht waren.

»Das ist ja schließlich nichts anderes als bei unseren Kabinen«, sagte Mrs. Graves. »Können wir uns umsehen, Kapitän?«

»Wir sind ja auf einem Erkundungsgang.« Salter zuckte die Achseln. Sie betraten ein verdrecktes Vestibül und erkannten sofort einen Aufzug, der seit langem nicht mehr funktionierte; auf See gab es viele handbetriebene Speisenaufzüge.

Ein Luftzug wehte ein Blatt bedrucktes Papier an die Füße des Geistlichen; er hob es auf, empört über ungesichertes Papier, das vielleicht über Bord geweht werden und der Schiffswirtschaft verlorengehen mochte! Dann rötete sich sein Gesicht angesichts seiner Albernheit. »Man muß umlernen«, murmelte er und faltete das Papier auseinander. Einen Augenblick später knüllte er es zusammen und schleuderte es heftig von sich, um sich angewidert die Hände abzuwischen. Sein Gesicht wirkte schockiert.

Die anderen rissen die Augen auf. Es war Mrs. Graves, die sich nach dem Papier bückte.

»Nicht ansehen«, sagte Pemberton.

»Sie sollte es doch lieber tun«, meinte Salter.

Mrs. Graves glättete das Blatt und las es.

»Nur Unsinn«, sagte sie. »Was halten Sie davon, Kapitän?«

Es war eine große Seite, aus einem Buch herausgerissen, und es zeigte eine einfache Zeichnung und ein paar Reime im Stil eines Lesebuchs für ABC-Schützen. Salter unterdrückte ein schokkiertes Auflachen. Das Bild zeigte einen kleinen Jungen und ein kleines Mädchen in mörderischem Zweikampf mit Klauen und Zähnen. ›Hans und Grete gingen in den Wald, da machte Grete Hans gleich kalt‹, stand darunter.

Jewel Flyte griff nach dem Blatt. Nach einer langen Pause sagte sie nur: »Sie konnten wohl nicht früh genug anfangen, es ihnen beizubringen.« Sie ließ das Blatt fallen und wischte sich auch die Hände.

»Kommt«, sagte Salter. »Versuchen wir es über die Treppe.«

Die Treppen waren Staub, Rattenkot, Spinnweben und zwei menschliche Skelette. Auf den Knochen der beiden rechten Hände steckten noch zwei mörderische Schlagringe. Salter ermannte sich und hob eine der Waffen auf, konnte sich aber nicht dazu überwinden, sie überzustreifen.

»Bitte vorsichtig sein, Kapitän«, sagte Jewel Flyte. »Sie könnte vergiftet sein. So waren sie offenbar.«

Salter erstarrte. Bei Gott, sie hatte recht. Vorsichtig hob er das Ding hoch. Ja, befleckt – vielleicht wirklich Gift. Er ließ es auf die Rippen eines der Skelette fallen und sagte: »Weiter.« Sie stiegen hinauf zu einem Korridor mit vielen Türen. Man sah Spuren von Feuer und Gewalttat. Eine Barrikade aus seltsamen aufgequollenen Sesseln und Sofas war errichtet und durchbrochen worden. Dahinter lagen drei weitere Gebeinhaufen.

»Sie haben keine Köpfe«, sagte der Geistliche heiser. »Kapitän Salter, das ist kein Ort für menschliche Wesen. Wir müssen zum Schiff zurück, selbst wenn das ehrenhaften Tod bedeutet. Das ist kein Ort für menschliche Wesen.«

»Danke, Kaplan«, sagte Salter. »Sie haben Ihre Stimme abgegeben. Stimmt jemand mit Ihnen?«

»Bringen Sie Ihre eigenen Kinder um, Kaplan«, sagte Mrs. Graves. »Nicht die meinen.«

Jewel Flyte zuckte mitfühlend die Achseln, sah Pemberton an und sagte: »Nein.«

Eine Tür stand offen, das Schloß mit Beilhieben zertrümmert.

»Wir versuchen es hier«, sagte Salter. Sie betraten das Heim einer gewöhnlichen Mittelschicht-Todverehrenden-Familie, wie sie vor hundert Jahren, im hunderteinunddreißigsten Jahr Merdekas des Erwählten ausgesehen hatte.

Merdeka, der Erwählte, der All-Fremde, der Ur-Andersartige, hatte nichts davon vorgehabt. Er begann als Postversandverkäufer von Film- und Fernseh-Standaufnahmen für Fans. Es war hart verdientes Geld; man brauchte ein riesiges Lager, um alle Kunden zwischen neun und neunzig befriedigen zu können. Mit Pinups gab er sich nicht ab. »Schmutzige, obszöne Bilder!« fauchte er, als entsprechende Briefe eintrafen. »Dreck! Männer und Frauen, die einander küssen, anstarren, abtappen! Orgien! Bah!« Merdeka hielt einen kastrierten Hund, eine Katze, der man die Eierstöcke entfernt hatte, und eine stille, nie klagende Haushälterin, die dem Namen nach seine Frau war. Er war arm; er war sehr arm. Trotzdem spendete er jedes Jahr für den Verein für Bevölkerungsplanung und die Sterilisationsklinik Midtown.

Man kannte ihn in den Kneipen der Third Avenue, wo er jeden Abend redete, mit Iren stritt, manchmal hinausgebeten und niedergeschlagen wurde. Er ließ sich niederschlagen und höhnte vom Boden aus. War das ihr Argument? Er konnte argumentieren. Er spuckte Fakten und Zahlen und Klischees in Massen aus.

Mensch, die Russen haben in zwei Jahren einen Bombenstützpunkt auf dem Mond, und in zwei Jahren hauen sich Heer und Luftwaffe immer noch mit Schweinsblasen auf die Köpfe. Augenblick mal, hören Sie zu: Die verdammten Antibiotika machen uns alle zu Idioten, oder wissen Sie in den letzten zwei Jahren von einem gesund geborenen Kind? Hören Sie mir auf mit der Grippe – unsere eigenen Bakterienwaffen sind außer Kontrolle geraten, und zwar in der Woche vom 24. Und: Das menschliche Tier ist überholt; Steinwitz und Kohlmann vom Technologischen Institut haben bewiesen, daß das menschliche Tier die jetzigen Strahlungsdosen nicht mehr ertragen kann. Und: Genieß deinen Lungenkrebs, Freund, für jedes Auto und seinen stinkenden Auspuff gibt es 2,703 Fälle von Lungenkrebs, und unsere Autos brauchen wir doch, oder? Und: Von wegen Jugendkriminalität; irrsinnig sind sie, und wir sind soweit, daß die Wirtschaft den Massenwahnsinn nicht mehr verkraften kann; die Leute müssen kastriert werden, das ist es. Und: Man sollte die Leiche von Metschnikoff ausgraben und den Hunden vorwerfen; er ist der Verkommene, der die Geschlechtskrankheitenprophylaxe erfunden hat, und seitdem hat das Laster freie Bahn auf der Welt; was wir auf den Straßen brauchen, sind ein paar von den alten lokomotorischen Ataxiefällen, humpelnd und sabbernd, um den Kindern zu zeigen, wohin das Laster führt.

Er wußte nicht, woher er kam. Wenn ihn einer fragte, seines Namens wegen, erwiderte er, er sei kein lügender Engländer, kein lautmäuliger Ire, kein perverser Franzose, kein beschummelnder Jude oder barbarischer Russe oder stiefelleckender Deutscher oder dickschädeliger Skandinavier, und wenn das seinem Zuhörer nicht passe, was habe er darauf zu erwidern?

Er kam aus einem Waisenhaus, und dort hatte ihn ein Polizist abgeliefert, im Alter von zwei Stunden, unmittelbar nach dem Tod einer luetischen jungen Frau, die Merdeka zu heißen schien und kurz zuvor entbunden hatte.

Ein Scheideweg in seiner Laufbahn ergab sich, als ihm auffiel, daß er zum siebtenmal in diesem Jahr Aufnahmen aus Mr. Howard Hughes' ›Der Gesetzlose‹ nachbestellen mußte. Nicht die Busenbilder von Jane Russell, sondern Gruppenszenen von Miss Russell, an Stricken hängend, kurz vor dem Ausgepeitschtwerden. Merdeka studierte die Aufnahme, knurrte: »Gebt es ihr tüchtig!« und verdoppelte die Bestellung. Sie wurde ausverkauft. Er suchte seine Archive nach anderen Auspeitsch- und Folterszenen durch, stellte eine Sammlung zusammen und verkaufte sie restlos binnen einer Woche. Dann kannte er sich aus.

Mann und Gelegenheit waren zusammengetroffen, vielleicht zum fünfzigstenmal in der Geschichte. Er engagierte ein Modell und machte die ersten Aufnahmen selbst. Sie zeigten sie, wie sie sich vor einer Peitsche duckte, an einen Stuhl gefesselt.

Binnen zwei Monaten hatte Merdeka sechstausend Dollar verdient und das ganze Geld wieder in Aufnahmen und Werbung gesteckt. Binnen einem Jahr war er so groß, daß die Behörden aufmerksam wurden. Er fuhr nach Washington und schrie: »Meine Sachen sind nicht obszön, und ich verklage Sie, wenn Sie mich nicht in Ruhe lassen! Zeigen Sie mir eine Brust, einen Hintern, zeigen Sie mir, wo ein Mensch auf meinen Aufnahmen einen anderen berührt! Sie können es nicht! Ich glaube nicht an Sex, und ich verkaufe keinen Sex, also lassen Sie mich gefälligst in Ruhe! Das Leben ist Qual und Leid und Angst, deshalb wollen die Menschen meine Bilder sehen. Sie zeigen sie selbst, die armen Hunde! Ihr seid pervers, wenn ihr meint, daß meine Bilder schmutzig sind!«

Da hatte er sie; Merdekas Mädchen trugen mindestens Schlüpfer, Büstenhalter und Strümpfe; da hatte er sie. Man war zwar überzeugt davon, daß etwas nicht in Ordnung war mit hübschen Frauen, die gefesselt waren, um gepeitscht oder mit glühenden Eisen verbrannt zu werden, aber was?

Im nächsten Jahr versuchten sie ihn bei der Einkommensteuer zu erwischen; die Beträge für die Bevölkerungsplanung und die

Sterilisationsklinik waren riesig, aber er bewies sie mit eingelösten Schecks bis auf den letzten Cent.

Im nächsten Jahr brachte er heraus ›Tod – das wöchentliche Bildmagazin‹, mit Hilfe eines halben Dutzends tüchtiger junger Absolventen des neuen Harvard-Instituts für Kommunikation. Als Chefkommunikator von ›Tod‹ – vorgestern wäre er noch der Herausgeber gewesen, fünfzig Jahre zuvor der Chefredakteur – hockte er in einem ledergetäfelten Büro und starrte argwöhnisch auf die internen Fernsehschirme, über die er alle Büros überwachen konnte und knurrte manchmal ins Mikrofon: »Sie! Wie heißen Sie? Boland? Sie sind entlassen, Boland. Holen Sie sich Ihr Geld ab.« Aus irgendeinem Grund; aus keinem Grund. Er war eine lebende Legende in seinem anthrazitfarbenen Flanellanzug mit den schmalen Krawatten.

Die klugen jungen Männer wurden kluge jung-alte Männer, und das Magazin verdiente Geld. Auf jeder Titelseite wurde die Exekution der Woche gezeigt, und kein Preis war je zu hoch dafür. Fünfzigtausend Dollar Spende für eine Moschee hatten das Recht erwerben helfen, die Brotfolter zu knipsen, durch die ein Yemenite umkam, der verdächtigt worden war, eine Pipeline angezapft zu haben. Eine endlose Geschichte der Geißler brachte Lesematerial, und der Medizinische Teil in Farbe war ungeheuer populär. Ebenso der wöchentliche Verkehrsunfallbericht.

Als die letzten Kompaktschiffe in den Pazifik ausliefen, machte das Ereignis ›Tod‹ groß, weil es dabei ein paar tödliche Unfälle gab; ansonsten ignorierte Merdeka die Schiffe. Vielleicht lag es daran, daß er wahrlich wußte, daß er der größte Schlächter war, den es je gegeben hatte, und daß er trotzdem nicht die totale Vernichtung ertragen konnte, einschließlich der Meeresbewohner.

Mit zunehmenden Jahren kühlte sich Merdekas Geist ab und erstarrte. Er brauchte eine Theorie und verlangte sie von seinem Geschäftsführer. Der ratterte herunter: »Die strukturelle Wechselbeziehung zwischen ›Tod – Das wöchentliche Bildmagazin‹ und der westlichen Kultur ist keine willkürliche punktuelle Erscheinung, sondern eine ansteigende Weltlinie. Frühere Ansichten wie das Hollywood-Dogma ›Keine Brüste – Blut!‹ und die Versuche der Asphaltpresse, an der Gewalt zu verdienen, waren schwach und unzureichend. Es war Merdeka, der die Zeichen der Zeit erkannte und sie der Öffentlichkeit vor Augen führt. Ringen und Rollerball als Blutsportarten, die Routine der Frauenmorde in Kriminalromanen, die ständig steigenden Verkehrsunfallzahlen, alles deutet auf ein Zeitalter von Haß und Tod. Die Ethik von Liebe und Leben ist überholt, und wer kann behaupten, daß der Mensch dadurch verlöre? Leben und Tod konkurrieren auf dem Markt der Ideen um den menschlichen Geist, und –«

Merdeka knurrte etwas und schaltete ab. Zwei Milliarden Auflage in dieser Woche. Trotzdem zu langsam, immer noch zu langsam. Er nahm einen Telefonhörer ab und schrie hinein: »Zu langsam! Wozu bezahle ich euch? Die Welt wälzt sich im Dreck! Die Filme sind schmutziger denn je. Küssen! Tätscheln! Anstarren! Männer und Frauen zusammen – obszön! Säubert die Titelseiten, die Anzeigen!«

Der Angerufene war Geschäftsführer der Gesellschaft für Sauberkeit der Kommunikationsmittel und wurde von Merdeka bezahlt. Er erwiderte sofort: »Diese Woche marschieren die Mütter nach Washington, Sir, und nächste Woche werden allen weiblichen Personen zwischen sechs und zwölf Jahren anonym pornographische Schriften zugeschickt, damit die Bundesbehörden eingreifen müssen –«

Merdeka legte auf. »Die vermehren sich unablässig«, keuchte er. »Immer wieder. Wie Maden in einer Abfalltonne. Aber wir machen sie sauber.«

Er brauchte keine Theorie, um zu wissen, daß er die Liebe nicht wegnehmen konnte, ohne etwas anderes an ihre Stelle zu setzen.

Er ging an diesem Abend die Sixth Avenue hinunter, zum erstenmal seit Jahren. Er sah, wie Menschen überfallen und zusammengeschlagen wurden.

In diesem Jahr wurde die Bundeszensurbehörde errichtet, im nächsten füllten sich die alten Internierungslager im Südwesten mit Gesetzesübertretern, und im Jahr darauf wurde die Erste Kirche Merdeka in Chikago gegründet. Merdeka starb fünf Jahre danach an einem Aortenaneurysma, aber seine Seele marschierte weiter.

›Die Familie, die gemeinsam betet, tötet gemeinsam‹, lautete der Wandspruch in der Wohnung, aber es gab keinen Hinweis darauf, daß man sich daran gehalten hatte. Das Schlafzimmer der Eltern war durch Stahltüren und gewaltige Schlösser gesichert, aber der Sohn hatte sie doch überwunden und den Stahl aufgeschweißt.

»Thermit?« fragte sich Jewel Flyte leise. Zuerst hatte er den Vater erledigt, schnell und still mit einer Drahtgarotte, im Schlaf, damit er seine Mutter nicht erschreckte. Für sie hatte er seinen mit Dornen gespickten Knaufknüppel verwendet, aber nicht, bevor sie unter das Bett nach einer Pistole gegriffen hatte. Die Teenagergebeine verrieten die Wirksamkeit des bleiernen Schlages.

Ungläubig starrten sie die Bibliothek von Comic-Büchern an. Jewel Flyte griff nach ›Moby Dick‹ und sah, daß es nur aus gräßlichen Todesszenen bestand. »Da muß doch mehr gewesen sein«, flüsterte sie.

Pemberton legte ›Hamlet‹ hastig weg und lehnte sich an die Wand. Es kam ihm vor, als wolle ihn der Verstand verlassen, als müsse er gleich zu lallen anfangen. Er betete, und nach einer Weile fühlte er sich besser. Danach vermied er es, die ›Klassiker‹ anzusehen.

Mrs. Graves schnaubte vor dem Bild des häßlichen Mannes mit der Aufschrift ›Merdeka der Erwählte, der Reine, der Reinigende‹. Es gab zwei Tische, reine Verschwendung. Wer brauchte zwei Tische? Dann schaute sie genauer hin und sah, daß einer in Wirklichkeit eine blutbefleckte Bank war. Es wurde ihr beinahe übel.

»Fassen wir uns«, sagte Salter. »Glaubt jemand, daß noch welche da sind?«

»Ich glaube nicht«, sagte Mrs. Graves. »Solche Wesen können nicht überleben. Die Welt muß reingefegt sein. Sie, äh, haben einander umgebracht, aber das ist nicht das Wichtigste. Dieses Paar hatte ein Kind, die Kabine scheint für ein Kind gebaut zu sein. Wir sollten uns noch ein paar Kabinen ansehen, um festzustellen, ob eine Einkind-Familie normal ist – äh, war. Wenn es so ist, können wir davon ausgehen, daß es sie – nicht mehr gibt. Oder fast nicht mehr.« Sie fügte hinzu: »Durch Rassenselbstmord.«

»Die Arithmetik ist ganz plausibel«, erklärte Salter. »Bei nur einem Kind wird sich eine Bevölkerung von zwei Milliarden in einem Jahrhundert von fünf Generationen auf 125 Millionen heruntergebracht haben. In einem weiteren Jahrhundert beträgt die Bevölkerung knapp unter vier Millionen. In einem weiteren hundertzweiundzwanzigtausend ... nach der zweiunddreißigsten Generation wird das letzte von den zwei Milliarden abstammende Paar ein Kind hervorbringen, und das ist das Ende. Und dazu kommen noch die anderen Faktoren. Außer denen, die freiwillig keine Nachkommen wünschen –« er mied Jewel Flytes Blick – »gibt es das, was wir auf der Treppe gesehen haben, im Korridor, und in den Räumen hier.«

»Dann haben wir unsere Antwort«, sagte Mrs. Graves. »Wir bringen das Schiff an Land und holen die Leute heraus. Wir machen sauber, wir lernen, was wir brauchen, um zurechtzukommen –« Sie schüttelte den Kopf. »Verzeihung«, sagte sie düster. »Ich rede Unsinn.«

Der Kaplan verstand sie, aber er sagte: »Das Land ist nur eines von den vielen Häusern. Sie könnten es doch sicher lernen!«

»Politisch ist es nicht zweckmäßig«, sagte Salter. »Jedenfalls nicht in der jetzigen Form.« Er dachte daran, dem Schiffsrat den Vorschlag zu unterbreiten, im Schatten des Masts mit der Charta, und schüttelte unwillkürlich den Kopf.

»Es gibt eine Möglichkeit«, sagte Jewel Flyte.

Die Brownells stürmten herein, alle achtzehn. Sie hatten sie verfolgt, seitdem sie gelandet waren. Neun Frauen in Sackkleidern, neun Männer im Büßerschwarz, strömten sie durch die klaffende Tür und umringten die Menschen vom Meer mit ihren Speeren. Andere Faktoren waren wirklich am Werk gewesen, aber dies war noch nicht die zweiunddreißigste Generation der Ausrottung.

Der Anführer der Brownells, ein Mann, sagte befriedigt:

»Gerade, als wir es brauchten – frisches Blut.« Salter begriff, daß er es nicht genetisch meinte.

Die Frauen sagten kritisch: »Offenkundig Übeltäter. Zeigen schamlos ihre Glieder, führen die verrotteten Säulen des Tempels der Lust vor. Kommen von der verfluchten See, der infamen, um uns von unserem anständigen und regelmäßigen Leben zu verführen.«

»Wir wissen, was wir mit den Frauen zu tun haben«, sagte der Anführer. Die anderen übernahmen den Wechselgesang.

»Wir schlagen sie nieder.«

»Und drehen sie auf den Rücken.«

»Und reißen einen Arm aus und binden ihn fest.«

»Und reißen den anderen Arm aus und binden ihn fest.«

»Und reißen ein Bein aus und binden es fest.«

»Und reißen das andere Bein aus und binden es fest.«

»Und dann –«

»Schlagen wir sie tot, und Merdeka wird lächeln.«

Pemberton starrte sie ungläubig an.

»Ihr müßt in eure Herzen blicken«, sagte er vernünftig. »Ihr müßt tiefer blicken, als ihr es getan habt, und ihr werdet sehen, daß ihr irregeführt worden seid. So dürfen Menschen sich nicht benehmen. Jemand hat euch entsetzlich in die Irre geführt. Laßt mich erklären –«

»Blasphemie«, sagte die Anführerin der Frauen und stieß ihren Speer geschickt in die Eingeweide des Kaplans. Der Schock der breiten, kalten Klinge durchpulste ihn und fällte ihn. Jewel Flyte kniete sofort bei ihm, prüfte Herz und Atmung. Er lebte.

»Aufstehen«, sagte der männliche Anführer. »Euch so darzubieten und zu offerieren, ist sinnlos. Wir sind reinen Herzens.«

Ein männliches Kind lief zur Tür.

»Wagners!« kreischte er. »Zwanzig Wagners kommen die Treppe herauf!«

»Steh aufrecht und sprich deutlich!« brüllte sein Vater und stieß ihm die stumpfe Speerseite in die Rippen. Das Kind grinste, aber erst, nachdem die achtzehn reinen Herzen zur Treppe gerannt waren.

Dann blies er in eine Pfeife, während die Meeresbewohner verdutzt zusahen, soweit sie sich nicht um den blutenden Kaplan kümmerten. Sechs Türen öffneten sich auf den Pfiff hin, und Frauen und Männer sprangen heraus, um Speere in die Rücken der Brownells zu schleudern. »Danke, Paps!« kreischte der Junge immer wieder, während die reinen Wagnerherzen sich auf die Überreste der reinen Brownell-Herzen stürzten; endlich störte sein Kreischen einen der Wagners, und der Junge wurde von einem Speer durchbohrt.

»Ich habe genug«, sagte Jewel Flyte. »Kapitän, bitte, nehmen Sie den Kaplan und kommen Sie.«

»Sie bringen uns um.«

»Sie haben den Kaplan«, sagte Mrs. Graves. »Augenblick.« Sie stürzte in ein Schlafzimmer und kam mit dem Knaufknüppel zurück.

»Na, vielleicht«, sagte das Mädchen. Sie knöpfte die lange Reihe von Knöpfen an ihrem Overall auf und zog ihn aus, dann entledigte sie sich ihrer Unterwäsche. Mit den Kleidungsstücken über dem Arm trat sie in den Korridor hinaus und ging zur Treppe, während der entgeisterte Kapitän und die Inspektorin folgten.

Für die Merdekaner war sie nicht Phryne, die vor Gericht siegte; sie war die Verkörperung des Bösen. Sie heulten auf und rannten wie die Wilden davon, ließen ihre Waffen fallen. Daß ein Mensch so etwas tun konnte, überstieg ihr Begriffsvermögen; Merdeka allein wußte, was für ein Ungeheuer das war, das sie seltsam und entsetzlich anzog, trotz aller Vernunft. Sie liefen davon, wie sie es gehofft hatte; die andere Seite der Medaille war ein Durchbohrtwerden, noch schneller und gründlicher als bekleidet, aber sie liefen lallend vor Furcht, die Augen bedeckt, in Wohnungen und Ecken des Korridors, vor dem Gräßlichen flüchtend.

Die Meeresbewohner stiegen hinunter und erreichten unbehindert das Dock. Salter hatte große Mühe, den Kaplan zu Mrs. Graves ins Boot hinunterzureichen, aber nach zehn Minuten hatten sie abgelegt, waren hinausgerudert und hatten das Segel gesetzt, um den Landwind zu fassen. Nachdem Jewel Flyte beim Aufrichten des Mastes geholfen hatte, zog sie sich wieder an.

»So einfach wird es nicht immer gehen«, sagte sie danach. Mrs. Graves hatte sich das auch gedacht, aber es nicht ausgesprochen, um nicht den Eindruck zu erwecken, als neide sie ihr den wunderbaren jungen Körper.

Salter untersuchte den Geistlichen, so gut er konnte.

»Ich glaube, er übersteht es«, meinte er. »Eine Operation und lange Ruhe. Viel Blut hat er nicht verloren. Wir haben dem Schiffsrat eine seltsame Geschichte zu berichten.«

»Er hat keine Wahl«, sagte Mrs. Graves. »Wir haben unser Netz verloren, und das Land wartet auf uns. Ein paar Verrückte als Gegner – was ist das schon?«

Wieder stieg ein großer Fisch an die Oberfläche. Salter betrachtete ihn nachdenklich.

»Sie werden vorschlagen, daß wir an Land Bronze sammeln,

ein neues Netz herstellen und so weitermachen, als wäre nichts geschehen. Wir könnten das sogar tun.«

»Nein. Nicht für immer«, sagte Jewel Flyte. »Diesmal war es das Netz, nach der Ernte. Was ist, wenn es drei Masten sind, mitten im Winter, mitten auf dem Atlantik?«

»Oder das Ruder«, sagte der Kapitän. »Irgendwann. Irgendwo. Aber könnt ihr euch vorstellen, daß wir dem Rat sagen, sie müssen vom Schiff aufs Land, in diesen Ziegelkabinen wohnen, alles ändern? Und Irre bekämpfen und lernen, wie man den Boden bestellt?«

»Es muß einen Weg geben«, sagte Jewel Flyte. »So, wie Merdeka ein Weg gewesen ist. Es gab zuviele Menschen, und Merdeka war für zuviele Menschen eine Lösung. Eine Lösung gibt es immer. Der Mensch ist trotz kurzer Ausflüge aufs Meer ein Landbewohner. Wir waren Samenkörner, beiseitegelegt, bis das Land gereinigt war, damit wir zurückkehren konnten. So, wie diese Fische an der Küste geduldig darauf warten, daß wir aufhören, zweimal im Jahr zu ernten, damit sie ins tiefe Wasser zurückkehren und sich vermehren können. Wie ist der Weg, Kapitän?«

Er dachte nach.

»Wir könnten damit beginnen«, sagte er langsam, »daß wir nah heransegeln und die Küstengewässer befischen. Dann festmachen und eine Art Brücke vom Schiff zum Land bauen. Wir würden weiter an Bord leben, aber untertags hinausgehen, um den Boden zu bestellen.«

»Klingt gut.«

»Und die Brücke ausbauen, sie immer massiver werden lassen, bis sie, bevor sie es merken, wirklich ein fester Teil des Schiffes und ein fester Teil des Ufers ist. Es könnte – nun – zehn Jahre dauern?«

»Zeit genug für die alten Seebären, sich zu entschließen«, sagte Mrs. Graves unerwartet.

»Und wir würden die Eins-plus-Eins-Fortpflanzungs-Regel

lockern, und manche jungen Erwachsenen würden einfach über die Brücke gedrängt werden und an Land leben müssen –« Sein Gesicht wurde plötzlich lang. »Und dann geht die ganze verdammte Farce wohl wieder von vorne an. Ich habe gesagt, daß es zweiunddreißig Generationen dauert, bis bei nur einem Kind pro Paar eine Bevölkerung von zwei Milliarden auf Null gebracht ist. Ich hätte auch erwähnen sollen, daß es bei vier Kindern pro Paar nur zweiunddreißig Generationen dauert, bis eine Bevölkerung von zwei Personen auf zwei Milliarden gebracht ist. Ach, was hat es für einen Zweck, Jewel?«

Sie lachte leise.

»Beim letztenmal hat es eine Lösung gegeben«, sagte sie. »Beim nächstenmal wird es wieder eine geben.«

»Es wird nicht dieselbe sein wie Merdeka«, schwor er. »Wir sind auf See ein bißchen erwachsen geworden. Diesmal schaffen wir es mit dem Gehirn und nicht mit Alpträumen und Aberglauben.«

»Ich weiß nicht«, sagte sie. »Unser Schiff wird das erste sein, und dann werden die anderen Schiffe der Reihe nach ihre Unfälle haben und herkommen und festmachen und ihre Brücken bauen und in den ersten beiden Generationen jeden Augenblick verabscheuen, und dann nicht mehr, sondern nur noch leben ... und wer wird der größte Mann sein, der je gelebt hat?«

Der Kapitän sah sie entsetzt an.

»Du, ja! Salter, der Erbauer der Brücke. Tommy, kennst du ein altes Wort für ›Brückenbauer‹? Pontifex.«

»Oh, mein Gott!« sagte Tommy Salter verzweifelt.

Den verwundeten Kaplan durchzuckte ein Hauch von Bewußtsein; er hörte die Worte und freute sich darüber, daß an Bord jemand betete.

Der korrupte Planet

Jemand sang, und mein dröhnender Schädel erhob Einspruch. Mein Mund schien voll Sägemehl zu sein. Ich fuhr mit der Zunge im Mund herum. Er *war* voll Sägemehl – Fichte und Zeder, importiert von der Erde.

»Xetstjhfe – du mit deinen drei Augen –«

Meine Augen öffneten sich schlagartig, ich setzte mich auf und schlug mir den Kopf an der Unterseite des Tisches an, unter dem ich lag. Ich legte mich hin und wartete darauf, daß die wirbelnden Sterne vor meinen Augen verblaßten. Ich versuchte nachzudenken. Fichte und Zeder ... ›Alte Erde‹ – die Kneipe vom Ehrlichen Blogri ... elf Doppelte mit einem Sirianer namens Wenjtkpli ...

»Xetstjhfe – du bi-ist die We-helt für mich!«

Durch die verblassenden Sternwirbel sah ich ein langes, gräßliches Gesicht, ein sirianisches Gesicht, das mich unter dem Tisch mit gütigem Interesse betrachtete. Es war Wenjtkpli.

»Guten Morgen, kleiner Freund von der Erde«, sagte er. »Fühlst du dich nicht mehr so müde?«

»Morgen?« schrie ich, setzte mich wieder auf, schlug mir den Kopf wieder an und legte mich wieder hin, um die Sternwirbel verblassen zu lassen.

»Du schläfst vierzehn Stunden«, hörte ich ihn sagen, »so glücklich, so friedlich!«

»Ich muß hier raus«, murmelte ich und tastete auf dem importierten Sägemehl nach meinem Hut herum. Ich stellte fest, daß ich ihn aufhatte, kletterte heraus, stand auf, lehnte mich an den Tisch, schwankte und spuckte den letzten Rest Fichte und Zeder aus.

»Magst du noch einen Doppelten?« fragte Wenjtkpli freundlich. Es würgte mich.

»Vierzehn Stunden«, lallte ich. »Dann ist jetzt 0900 Uhr

Marszeit, oder genau zehn Stunden nach dem Zeitpunkt, zu dem ich zur Nachtschicht im Büro hätte sein müssen.«

»Aber gestern abend hast du anders geredet«, erklärte der Sirianer überrascht. »Du hast so oft erklärt, wie der Bürochef McGillicuddy den schäbigen Posten nehmen kann und ihn in –«

»Das war gestern abend«, stöhnte ich. »Jetzt ist Morgen.«

»Beruhige dich, kleiner Freund von der Erde. Ich singe dir das Lied, das du mir beigebracht hast: ›Xetstjhfe – denk ich ans Ei-hei-sen in deinem Ha-aar –‹«

Mein pulsierender Schädel erhob immer noch Einspruch. Ich winkte zum Abschied und nahm Kurs auf die Tür. Im kalten Licht der Marsdämmerung wirkte das drollige alte Motto: ›Trink nußbraunes Ale und fall zweimal tot um‹ lange nicht so drollig wie vorher.

Ein unangenehmer kleiner Typ, Venusier oder so, den ich öfter gesehen hatte, schob sich heran.

»Kopf tut sehr weh, wie?« fragte er mit einfältigem Lächeln.

»Das ist nicht die Zeit für Mitgefühl«, erwiderte ich. »Hau ab – ich muß zur Arbeit.«

»Kein Mitgefühl«, sagte er, kramte an seinem Gürtel und zeigte mir eine kleine, weiße Pille. »Macht den Kopf klar, hm?« flüsterte er. »Geht blitzschnell!«

»Wieviel?« fragte ich interessiert.

»Für dich umsonst, Freund. Ich kann keinen leiden sehen.«

»Hau ab«, sagte ich und zwängte mich hinaus. Die kostenlose Probe bedeutete, daß er J-K-B-Händler war. Ich hatte schon genug Schwierigkeiten, ohne mir auch noch eine unheilbare Sucht einzuhandeln. Hätte ich die Pille genommen, wäre ich nach zwölf Stunden wieder bei ihm gewesen und hätte blutschwitzend mehr verlangt. Und dann hätte er verlangen können, was er wollte.

Ich fiel in einen Stuhl Richtung Osten und schob eine Münze in den Schlitz. Die dünne, kalte Luft der Druckkuppel sorgte schon dafür, daß mein Kopf klar wurde. Ich bereute es, daß ich so oft die geizige Kuppelverwaltung beschimpft hatte, weil sie keine kräftigere Luft lieferte oder nicht besser heizte. Ich fühlte mich wohl genug zum Rasieren, und zum Glück hatte ich den Rasierapparat in der Brieftasche. Bis der Stuhl an dem Gebäude vorbeiglitt, wo ›Interstellar-Nachrichten‹ eine Etage gemietet hatte, war ich glatt im Gesicht und hatte mir das Sägemehl aus den Haaren gekämmt.

Der Schweber trug mich zu unserer Etage hinauf, während ich mir Mühe gab, nicht daran zu denken, was McGillicuddy zu sagen haben würde.

Der Redaktionsraum war, wie üblich, lärmend laut. McGillicuddy saß am Schreibtisch und kaute einen Stapel Meldungen durch, die nach der großen Wanduhr in vier Minuten für die vormittäglichen Nachrichtensendungen durchgegeben werden mußten. Er gab die Texte, ohne hinzusehen, an den Mann am altmodischen Funkfernschreiber weiter, der für unsere lokalen Kunden genügte.

»Zwei Minuten zu kurz!« schrie er einen der Männer am Rand an. »Her mit einem Füller! Einen Füller, verdammt!« Der Randmann raste zu den Empfangsätherschreibern von Gammadion, Beteigeuze und den anderen Interstellar-Büros. Er riß eine Meldung aus einer der ratternden Maschinen und warf sie McGillicuddy zu, der mit dem Bleistift darin herumfuhrwerkte und sie an den Fernschreiber weitergab. Das Band, das der Schreiber anfertigte, lief durch den Sender-Verteiler, und in allen Fernschreibern unserer lokalen Kunden erschien:

Fünfzehn Minuten Interstellar-Nachrichtensendung am Vormittag Mars Druckkuppeln.

Alles lehnte sich zurück und zündete sich Glimmstengel an. McGillicuddys Blick fiel auf mich, und ich räusperte mich.

»Erkältet?« fragte er jovial.

»Nein. Nicht erkältet.«

»Verdauungsbeschwerden? Grippe, vielleicht? Sie haben sich verspätet.«

»Das weiß ich.«

»Kluger Junge.« Er lächelte. Das war schlecht.

»Spencer«, sagte er zu mir. »Ich habe lange und angestrengt über Sie nachgedacht. Ich habe über Sie nachgedacht, als Sie nicht zur Nachtschicht erschienen. Ich habe in Abständen nachts an Sie gedacht, als ich Ihre Arbeit mitmachte. Gegen 0300 Uhr entschied ich, was ich mit Ihnen machen würde. Es war, als habe das Schicksal eingegriffen. Es war, als hätte ich gebetet ›Herr, was soll ich mit einem versoffenen, nichtsnutzigen Sohn eines Raumkochs machen, der nach meiner Ansicht unter den Leiden, von denen der Mensch geplagt wird, auf der Stufe von Hiobs Schwären steht?‹ Hier ist die Antwort, Spencer.«

Er warf mir ein Stück Ätherschreiberpapier hin, herausgerissen aus einer unserer Interstellar-Schaltsystem-Maschinen. Darauf stand folgender Dialog:

Is da jomman ich meine jemand
Dieses Marsbüro ISN GN Bte
Wos bedited ich meine wos bedeutet das bitte
Hier Marsbüro der Interstellar-Nachrichten. Wer sind Sie und was treiben Sie an unserem Fernschreiber Krueger 60-B Fragezeichen. Wo ist unser Mann. Melden.
Das ist der Grind warum ich mich mellde. Kennedy heute morgen an Lungenentzündung gestorbben. Ich bin Weems Redakteur Phoenix. Schiken Sie Ersatz Kennedy bite
Hier McGillicuddy, Marsbüro ISN-Chef. Schicken Ersatz Kennedy ehestens. Haben idealen Mann dafür. Ende.

Das war alles. Es war genug.

»Chef«, sagte ich zu McGillicuddy. »Chef, das können Sie nicht. Das tun Sie nicht – das tun Sie doch nicht, oder?«

»Packen Sie lieber«, sagte er und strich in den Meldungen herum. »Nehmen Sie lieber viel warme Sachen mit. Krueger 60-B soll ungefähr tausendmal schwächer sein als die Sonne. Das ist natürlich absolute Größe – Frostbite ist ganz nah dran. Ein primitiver Ort, wie ich höre. Kennedy hat es nicht gefallen. Aber der arme alte Kerl schaffte auch nicht mehr als ein Einmann-Büro in einem Einplaneten-Netz. Nehmen Sie lieber jede Menge warme Kleidung mit.«

»Ich kündige«, sagte ich.

»Sam«, sagte jemand mit einer Stimme, bei der ich innerlich stets sofort zerfließe.

»Hallo, Ellie«, sagte ich. »Ich habe Mr. McGillicuddy eben erklärt, daß er mich nicht nach Frostbite schicken wird, wo ich verkommen soll.«

»Erfrieren«, verbesserte McGillicuddy genießerisch. »Erfrieren. Guten Morgen, Miss Masters. Wollten Sie unserem Freund ein paar Abschiedsworte sagen?«

»Ja«, erwiderte sie und zog mich beiseite ins Niemandsland, wo die Damen der Presse seltsame Texte für das schwächere Geschlecht erzeugen. »Gib nicht auf, Sam«, sagte sie mit dieser Stimme. »Einen, der aufgibt, könnte ich niemals lieben. Was ist schon dabei, wenn es sich um einen minderen Einsatz handelt?«

»Minderen«, sagte ich. »Das ist die Untertreibung des Jahrtausends!«

»Es wird dir guttun«, versicherte sie mir. »Du kannst ihm zeigen, was du auf dem Kasten hast. Du bist auf dich selbst gestellt, abgesehen von den regelmäßigen Meldungen für das Hauptnetz und deine lokalen Sachen. Du könntest alle möglichen interessanten Features ausgraben und deinen Namen bekannt machen.« Und so weiter. Es war zum Teil ihre Logik, zum Teil diese Stimme, und zum Teil ihr Versprechen, mich am Raumflughafen zum Abschied zu küssen.

»Ich mach's«, sagte ich zu McGillicuddy. Er sah mit erfeutem Lächeln auf und murmelte: »Die Macht des Gebetes –«

Der Abschiedskuß von Ellie war das einzige an der Reise ohne alptraumhafte Züge. Das Spesenkonto der ISN steckte mich in einen rostigen Eimer, den ich mit zauberhafter Fracht wie Yakkälbern und Zehnpennynägeln zu teilen hatte. Die kleinen Yaks plärrten, so oft wir den Hyperantrieb einschalteten, um die Lichtgeschwindigkeit zu überschreiten. Der Greenhough-Effekt – Science Fiction-Lesern bekannt als ›Superzeit‹ – erschreckte sie zu Tode. Beim normalen Raketenantrieb stöhnten und wimmerten sie nur.

Der Raumflughafen von Frostbite war nicht wie der Südpol, sondern eher wie Grönland. Ein Haufen Farmer wartete auf die Yaks. Die Kerle schlugen ihre dicken Handschuhe aneinander und stießen lange Atemwolken aus. Ich sah, wie der Zolleinnehmer mit seinen Formularen im Freien herumfuchtelte. Das hörte aber sofort auf, als die Farmer begriffen und ein paar Dollar herausrückten. Niemand gab sich auch nur die Mühe, das verstohlen zu tun. Sie berappten einfach, ohne Rücksicht auf Zeugen.

Ich kam an die Reihe. Der Zollmensch mit seinem Rattengesicht wurde mir vom Chefingenieur vorgestellt.

»Geht's«, sagte er. »Zwanzig Kröten.«

»Wofür?«

»Landeerlaubnis. In der Verwaltung können Sie dann die Besucherlaubnis bezahlen. Macht auch zwanzig Kröten.«

»Ich bin kein Besucher. Ich arbeite hier.«

»Dann brauchen Sie ne' Arbeitserlaubnis. Macht zwanzig Kröten.« Sein Blick glitt umher. »Was haben Sie da?«

»Ätherschreiberersatzteile. Brauche sie vielleicht.«

Er lag auf den Knien vor der Kiste.

»Dreifach ad valorem plus zwanzig Dollar Bürgschaft für jedes Ersatzteil plus zwanzig Dollar Prüfgebühr zur Entseuchung plus zwanzig Dollar wegen Nichtangabe plus –«

»Hör auf, Joe«, sagte ein Neuankömmling – ein kleiner Mann mit grauem Schnurrbart, der in seiner Parka fast verschwand. »Er ist ein Freund von mir. Sei höflich.«

Joe gefiel das nicht, aber er nahm es hin. Er murmelte etwas von Pflicht und gab mir eine Karte.

»Zwanzig Kröten?« fragte ich und studierte sie.

»Nee«, sagte er zornig. »Sie nassauern.« Er verschwand.

»Sie scheinen der ISN Geld gespart zu haben«, sagte ich zu dem kleinen Mann. Er schob die Kapuze nach hinten.

»Warum nicht? Wir werden zusammenarbeiten. Ich bin Chenery vom ›Phoenix‹.«

»Ah ja, der Klient.«

»Stimmt«, sagte er grinsend. »*Der* Klient. Was haben Sie eigentlich angestellt, daß man Sie nach Frostbite verbannt hat?«

Ich erzählte es ihm.

»Der Chef meinte, ich sei verantwortungslos.«

»Hier macht das nichts«, erwiderte er. »Hier geht es ziemlich unbekümmert zu. Ich habe den Schlüssel zu Ihrem Büro. Soll ich vorangehen?«

»Und mein Gepäck?«

»Keine Sorge. Wenn man hier weiß, daß Sie als Freund vom ›Phoenix‹ gelten, wird nichts geklaut.«

Das hatte ich eigentlich nicht gemeint, weil ich nicht erwartet hatte, daß Beamte überhaupt etwas klauten. Hier schien es wirklich reichlich unbekümmert zuzugehen. Ich ließ Chenery vorausgehen; er hatte einen Jeep mitgebracht, mit dem wir zum Verwaltungsgebäude fuhren. Viele Schreibtische standen leer, und die dicken Männer an den anderen schienen nicht viel zu tun zu haben. Die Damen lackierten ihre Fingernägel oder lasen, die Männer spielten Blotto mit kleinen Skalen. Ein paar schliefen.

Vom Verwaltungsgebäude brachte uns ein Düsenfahrzeug die zwanzig Kilometer zur Stadt. Frostbite, die Hauptstadt von Frostbite, hatte etwa vierzigtausend Einwohner. Keine Druckkuppel. Nur das herrliche Freie, komplett mit Staub, Wetter, Insekten und einem beharrlichen eisigen Wind. Provinzstädte scheinen im ganzen Universum gleich zu sein. Es gab eine Hauptstraße mit dem Namen Main Street mit Bekleidungsgeschäften und Restaurants, Spielhöllen und mehr oder weniger eleganten Kneipen, ein paar Varietétheater und Tanzlokale. Am uneleganten Ende der Main Street gab es ein paar Läden für landwirtschaftliche Geräte, Geschäfte, wo man Vermessungsinstrumente und geologische Detektoren kaufen konnte, und das Gebäude, in dem sich das Büro der Interstell-Nachrichten befand. Es waren zwei Zimmer im ersten Stock, darunter ein mechanischer Dentist, darüber ein Osteopath und hinten ein Laden für billige Parkas.

Chenery sperrte mir auf, und man sah sofort, weshalb Kennedy an Lungenentzündung gestorben war. Flaschen. Die Klimaanlage mußte den Geruch restlos vertrieben haben, aber es kam mir vor, als könnte ich noch den ranzigen Gestank vom selbstgebrannten Schnaps wahrnehmen, den er getrunken hatte. Überall lagen sie herum, die Überreste eines schamlosen, hoffnungslosen Alkoholikers, der nur noch für Frostbite gut genug gewesen war.

Ich klappte den Müllschlucker auf und kippte Flaschen und Gläser vom Schreibtisch, aus dem Archiv, vom Ätherschreiber hinein. Chenery half mir und hielt anständigerweise den Mund. Als wir einigermaßen Ordnung gemacht hatten, erkundigte ich mich nach dem Tagesablauf.

»Das liegt ganz bei Ihnen«, meinte Chenery achselzuckend. »Ich drängte Kennedy, mehr Berichte über Niedrigtemperatur-Landwirtschaft zu beschaffen. Und die Yaks, die mit Ihnen gelandet sind, fingen als Kampagne des ›Phoenix‹ an, die Lage der Gemeinschaft zu verbessern. Es gab nur Traktoren, bis unser Landwirtschaftsredakteur einen Einfall hatte und ein Paar Yaks herbrachte. Eine enorm gute Idee – aus einem Traktor kann man weder Milch, noch Butter oder Fleisch herausholen. Kennedy half uns, Rat von einer Agronomie-Station auf der Erde zu beschaffen, um das einzurichten und auch die Genehmigung für das erste Paar zu besorgen. Ich weiß nicht genau, was für Meldungen er an die ISN durchgab. Wir haben ihn, offen gesagt, meist als Kontaktmann benützt.«

»Was für Meldungen kann man aus einem solchen Loch schon senden?« fragte ich elend. Er lachte und gab zu, daß es hier ziemlich still sei.

»Da ist der ›Phoenix‹ von heute«, sagte er, als die Fax-Maschine zu summen begann. Ein 16seitiges Blatt kam in ein paar Sekunden heraus. Ich blätterte es durch und fragte: »Ganz ohne Farbe?«

Chenery zwinkerte mir zu.

»Was die Abonnenten und Anzeigenkunden nicht wissen, macht sie nicht heiß. Manchmal geben wir nach und bieten ihnen eine Farbaufnahme auf Seite Eins.«

Ich studierte den ›Phoenix‹. Ganz konservativ aufgemacht – klar. Auffallendes Layout ist eine Folge von Wettbewerb, und der ›Phoenix‹ war das einzige Blatt auf dem Planeten. Der Leitartikel befaßte sich mit einem ISN-Bericht über Düngemittel bei Landwirtschaft in großen Höhen, der zweite Artikel mit einem ISN-Bericht über die derzeitige Versammlung der Vereinten Planeten.

»Ist Frostbite überhaupt bei den UP?« fragte ich.

»Nein. Das ist hier die große politische Frage. Der ›Phoenix‹ ist gegen den Aufnahmeantrag. Wir meinen, daß der Planet sich die Taxierung schon gar nicht leisten kann, und selbst wenn, dann wäre mit dem Beitritt nichts gewonnen.«

»Hm.« Ich sah mir den ISN-Bericht genauer an und sah, daß der ›Phoenix‹ wirklich sehr dagegen war. Das Blatt hatte unseren Bericht stark bearbeitet. Das Original kannte ich nicht, aber ISN ist in jeder Beziehung möglichst neutral.

»Die Mehrheit hier schließt sich wohl dem ›Phoenix‹ an, vermute ich?« vermutete ich.

»Acht zu eins, nach der letzten Befragung«, sagte Chenery stolz.

»Sie setzen mich in Erstaunen.« Ich las weiter. Das Blatt bestand zu siebzig Prozent aus Anzeigen, die meisten von den Main Street-Geschäften. Es gab eine Anti-UP-Karikatur, die den Generalsekretär der UP als schmierigen Busfahrer zeigte, dessen Düsenfahrzeug bis zum Dach mit Passagieren vollgestopft war. Auf dem Bus stand: ›Fahrpreis fünfzehn Millionen und mehr im Jahr.‹ Ein Hinweisschild an der Straße lautete: ›Nach Nirgendwo‹. Der Busfahrer sagte zu einem kleinen sorgenvollen Mann in einer Parka: »Für einen mehr ist immer noch Platz!« Darunter stand: ›Wirklich – und lohnt es sich?‹

Ein Kommentar lobte den ›Phoenix‹ für seine großartige Leistung, ein zweiter sprach sich erneut gegen die UP aus.

Es war eine tüchtige Leistung von der Sorte, bei der sich einem Journalisten der Magen umdreht, obwohl er sie bewundern muß.

»Na, was halten Sie davon?« fragte Chenery stolz.

Ich wurde durch das Rattern des Ätherschreibers vor einer Antwort bewahrt.

›*GT FRB me bte*‹, sagte er. »Guten Tag, Büro Frostbite, bitte melden.« Aber was? Ich suchte und fand an der Wand einen getippten Tagesplan, den Kennedy offensichtlich vor langer Zeit einmal aufgestellt hatte.

›*Aug bte*‹, tippte ich auf dem Ätherschreiber und studierte den Plan.

Es war ein tolles Dokument.

›0900–1030: Frühstück

1030–1100: Weems wegen Beschwerden anrufen

1100–1200: Marsbüro wegen Beschwerden melden

1200–1330: Mittagessen

1330–1530: Weems Material bringen: Schwätzen mit Chenery

1530–1700: Phoenix studieren

Sonntags

0900–1700: Schreiben und archivieren‹

Chenery ersparte mir das Rotwerden, indem er zum Fenster

hinaussah, während ich das schreckliche Ding las. Ich hatte bis dahin nicht gewußt, wie tief ich gesunken war.

»Finden Sie das komisch?« fragte ich ihn – ungerechterweise, wie ich wußte. Er verhielt sich anständig. Es war anständig von ihm, daß er mir nicht ins Auge spuckte und mich dafür vom Gehsteig rammte. Ich war ganz unten.

Er antwortete nicht. Er war verlegen, und ich hatte versucht, einen Sündenbock zu finden.

»Ich sehe, daß ich einen Vormittag vergeudet habe«, sagte ich. »Haben Sie oder Weems was für mich, das ich an den Mars weiterleiten kann?«

»Nichts Besonderes«, sagte er. »Wie erwähnt, wir können immer Meldungen über Landwirtschaft brauchen.«

»Die bekommen Sie«, versprach ich. »Und ich sehe, daß ich aufholen muß, Material für Ihr Blatt zu sammeln.«

»Nehmen Sie es nicht so schwer«, sagte er unglücklich. »So arg ist es hier nicht. Ich lasse Ihre persönlichen Sachen ins ›Hamilton‹ bringen, das andere hierher. Das ist das einzige anständige Hotel in der Stadt, außer dem ›Phoenix‹, und das ist ziemlich teuer –« Er sah, daß es mir nicht angenehm war, wenn er solche Schlüsse auf meinen Lohn zog, und verschwand mit einem bedauernden Lächeln.

Der Ätherschreiber ratterte wieder und sagte: *›AW FRB BP.‹* ›Auf Wiedersehen, Büro Frostbite. Bis später.‹ Es mußte viele Tage gegeben haben, an denen der alte Kennedy zu alt oder zu elend gewesen war, um Artikel vom einzigen Klienten umzuschreiben. Dann begann die Maschine Meldungen zu bringen, die ich später abreißen und zum ›Phoenix‹ bringen würde.

»Okay, Süße«, sagte ich zu dem ratternden Schreiber. »Du bekommst Material von Frostbite. Du bekommst Material, daß die ganze ISN sich aufsetzt und wach wird –« und so redete ich mir ein paar Minuten lang etwas vor, aber das hatte bald ein Ende.

Guter Gott, hatten die mich erwischt! Wenn ich nichts leiste, behalten sie mich hier, weil es nichts Tieferes mehr gibt. Wenn ich tüchtig bin, behalten sie mich hier, weil ich tüchtig bin. Es besteht keinerlei Aussicht, etwas tun zu können, das auffällt – du sitzt auf einem schäbigen Planeten bei schäbigen Politikern fest, die in hunderttausend Jahren nichts von Nachrichtenwert leisten!

Ich sah mir ein paar Bücher und Broschüren von Kennedy an. Frostbite war erst vor fünf Generationen aus den üblichen Gründen kolonisiert worden. Jemand hatte Geld gerochen. Und von Anfang an schien hier die Ansicht Oberhand gewonnen zu haben, daß nur der Mensch gut genug für diesen geheiligten Boden war, während alle nicht-menschlichen Rassen mehr oder weniger als Ungeheuer hingestellt wurden.

Vor zwei Generationen hatten die Kolonien, wie ich meiner Lektüre entnahm, eine Weltregierung nach den gängigen Maßstäben errichtet, mit einem Präsidenten, einem Parlament und einem dreistufigen Gericht. Die üblichen Gesetze waren übernommen worden, nur außerirdische Lebewesen wurden nicht zugelassen.

Ich befaßte mich mit dem Ätherschreiber-Handbuch. Die Einleitung teilte mir mit, daß die Vervollkommnung der Sofortübertragung der ISN die fernsten Planeten zugänglich gemacht habe, was ich schon wußte; daß das kolonisierte Universum dadurch zusammengeschweißt werden würde, was ich bezweifelte; und daß sie ein Geschenk für alle menschlichen und nicht-menschlichen Intelligenzen sei, was ich für eine grobe Lüge hielt. Der Rest bestand aus: ›siehe Zeichnung 76 b‹, ›Kabel 944 läßt sich ganz einfach durch Öffnung 459 j führen‹, und dergleichen mehr. Nichts, womit ich nicht zurechtkam.

Der Ätherschreiber ratterte.

Farm – Für Frostbite

Nome, Alaska, Erde – ISN – Die Hausfrauen der kälteren Farmplaneten wären gut beraten, von der alten amerindianischen Näherin zu lernen. Das erklärte Professor McGuiness von der Universität Nome. Die Indianerin nähte schmale Pelzstrei-

fen zusammen und flocht sie zu einer Decke, die doppelt so warm war wie einfach aneinandergenähte Pelze.

Das war meine Angebetete, mit ihrer unheilbaren Schwäche für Einleitungszitate und dem ewigen ›das sagte‹. Ellie Masters, dachte ich, schreiben kannst du nicht, aber ich liebe dich und würde dir gern den Hals dafür umdrehen, daß du McGillicuddy geholfen hast, mich hierherzulocken. Lieber bei Blogri unter dem Tisch und Sägemehl im Haar, als kleine Berichte über siebzehn schmackhafte Rezepte für Yakmist schreiben, denn mehr wird es hier nicht geben.

Der Kerl mit dem Rattengesicht stürmte herein, ohne anzuklopfen. Ein schwachsinnig aussehender Junge schleppte die Kiste mit den Ätherschreiber-Ersatzteilen.

»Stellen Sie's irgendwo ab«, sagte ich. »Danke. Joe, wo bekomme ich eine solche Parka? Die gefällt mir. Echter Nerz?«

Das war der Weg zu seinem Herzen.

»Na klar. Hören Sie, hoffentlich haben Sie mich vorhin nicht mißverstanden. Wenn Sie zum ›Phoenix‹ gehören, sind Sie bei der Organisation, und dann sind Sie auch ein Freund von Joe Downing.«

»Freut mich. Wann habe ich Gelegenheit, die anderen Jungs kennenzulernen?«

»Sie wollen rein, wie?« fragte er. »Da sind welche schon länger da als Sie.«

»Rein, raus.« Ich zuckte die Achseln. »Ich möchte es richtig machen. Kann nicht schaden.«

»Bestimmt nicht«, sagte er lachend. »Der alte Kennedy war nicht so eingestellt. Sie kommen hier schon zurecht. Halten Sie die Ohren steif, dann sehen wir weiter.« Er verschwand mit seinem Gehilfen.

Die kleine Ratte hatte ihren Mann umgebracht, dachte ich – aber wo, warum und für wen?

Ich ging hinüber zu dem kleinen Parkaladen. ›Leon Portwanger‹ stand an der Tür. Er war ein dicker alter Mann, der mit gekreuzten Beinen dasaß und Felle zusammennähte.

»Mr. Portwanger? Ich bin der neue ISN-Mann, Sam Spencer.«

»So?« knurrte er, ohne aufzusehen.

»Ich nehme an, Sie haben Kennedy gut gekannt.«

»Nein. Gar nicht.«

»Aber er war doch gleich gegenüber –«

»Nein«, brummte der alte Mann. Er stach sich mit der Nadel, fluchte und steckte den Finger in den Mund. »Da, sehen Sie, was Sie angestellt haben?« sagte er zornig. »Sie sollten mich nicht stören, wenn ich arbeite.«

»Verzeihung«, sagte ich und ging zurück in mein Büro. Einer, der so alt war, wie Leon, stach sich nicht mehr. Er trug auch keinen Fingerhut – der Zeigefinger hatte solche Schwielen, daß er besser wirkte als ein Fingerhut. Er stach sich nicht, außer, er war sehr, sehr aufgeregt – oder er wollte jemand loswerden. Ich begann zu bedauern, daß ich Kennedys Flaschen alle weggeworfen hatte.

Ich fing an, das Büro gründlich zu durchsuchen. Ich fand Meldungen aus dem Ätherschreiber, Ausschnitte aus dem ›Phoenix‹, Wäschelisten, bezahlte Rechnungen, Durchschläge von Briefen ans Marsbüro mit der Bitte um Versetzung, eine Liste von Rufnummern und eine unwirsche Mitteilung von McGillicuddy per Raumpost.

Sie lautete: ›Bez. weltersch. Knüller, glb wnn sehe. Empf inzw bess Plang zr Kostersparn. Erinn Aufg abfang Beschw drei vor Mon. Wie? McG.‹

Es war typisch für McGillicuddy, sich in der Kabelsprache zu verständigen. Seit es Nachrichtenagenturen gab, war das bei den Chefs üblich.

Ich las heraus, daß McGillicuddy Kennedys Versprechen bezweifelte, einen welterschütternden Knüller liefern zu können, daß er sich ärgerte, weil Kennedy sich nicht an die festgesetzten

Sendezeiten hielt, und daß er sich sehr ärgerte, weil der einzige Kunde drei Beschwerden an ihn gerichtet hatte.

Der alte Kennedy hatte also von einem Superknüller geträumt. Ich kramte weiter in den Unterlagen und fand nur einen veralteten ›Wer ist Wer in der Galaxis?‹ Keine Notizen, keine Pläne, keine Liste von Interviewpartnern, keine Tipgeber – nichts, auch keinen Durchschlag des Briefes, der McGillicuddys beißende Antwort ausgelöst hatte.

Der Himmel allein wußte, was das alles zu bedeuten hatte. Ich war hungrig, müde und todunglücklich. Ich fuhr ins Hotel, um zu essen und mich schlafen zu legen, ohne daß mich diesmal ein Yak anblöken konnte.

Es fiel nicht schwer, sich einzuleben. Frostbite war der ideale Ort dafür, den Ehrgeiz zu verlieren und den ewigen Durst zu erwerben. Ich hatte den Plan an der Wand abreißen wollen, aber mit jeder Woche drängte es mich weniger dazu. Er paßte so gut zu diesem Leben.

Ich wurde im Hotel wach, aß ein bescheidenes Frühstück und begab mich ins Büro. Dann kam ein Gespräch mit Weems, in dem er um mehr und für Frostbite günstigere Meldungen bat. Eine Stunde lang stand ich dann mit dem Marsbüro in Verbindung. Zuerst versuchte ich, eine Unterhaltung mit Ellie herauszuschinden, aber die Spaßvögel dort kurierten mich schnell. Einer gab sich für Ellie aus, und bis ich dahinterkam, hatte er mich beinahe davon überzeugt, daß sie im sechsten Monat schwanger war von McGillicuddy und sich umbringen wollte, weil sie mich verraten hatte. Hübsche Späße, und danach beschränkte ich mich für private Dinge auf die Raumpost.

Nach dem Mittagessen, im Hotel oder in einem Lokal, riß ich die Meldungen aus dem Schreiber in saubere Teile und brachte sie zum ›Phoenix‹. Wenn es etwas Wichtiges gab, rief ich vorher an. Ich schwätzte mit Chenery oder sah den Setzern zu, dann ging ich ins Büro zurück und holte mein Exemplar aus der Fax-Maschine.

Abends saß ich in einer Kneipe oder im Klub oder in einem Varieté. Als Joe Downing begriffen hatte, daß ich brav war, machte er mich mit den Jungs bekannt.

Das Klubhaus befand sich dem zweistöckigen Kuppelgebäude der Weltregierung von Frostbite gegenüber. Es war etwas größer und viel besser instandgehalten. Offiziell war es Hauptquartier einer Wohlfahrtsorganisation, in Wirklichkeit das der Planetarischen Partei, einer Vereinigung von Banditen.

Die Jungs machten alles nach Dienstalter. Wenn man mit achtzehn Jahren eintrat, nicht abhaute oder tot umfiel, wurde man eines Tages Präsident. Der Partei mußte man Loyalität und Fleiß beweisen – natürlich nicht in seinem Beruf, sondern beim Wahlfeldzug – und Geld bringen. Sein ganzes Leben lang, Abzüge vom Gehalt, Anteile von Bestechungsgeldern, Beiträge für dies und das und vor allem für jenes.

Wie üblich, war es schwierig, herauszufinden, wer wer war. Der Präsident von Frostbite war ein schlichter alter Knabe namens Witherspoon, völlig verkalkt. Er befand sich im zweiten und letzten Amtsjahr seiner zweiten und letzten Amtszeit, und sein Vizepräsident und der Sprecher des Parlaments stritten sich über die Nachfolgeschaft.

Joe Downing war ein kommender Mann. Daß er mich protegierte, bedeutet mehr als die Freundschaft von Witherspoon. Er war Chenerys Verbündeter; sie führten das jüngere, lebendige Element an. Chenerys Chef Weems gehörte zum älteren Haufen, der mehr aß, mehr redete und weniger trank.

Ich mußte aber in einen Ausschuß, bis ich von George hörte. So geht das.

Es war ein Sonderausschuß für die Vorbereitung eines Festessens zugunsten von Witherspoons 40jähriger Parteizugehörigkeit. Ich kam in den Unterausschuß, der über ein Geschenk für ihn zu befinden hatte. Bei der zweiten Sitzung zeichnete sich noch immer keine Einigkeit ab, was man nicht gewöhnt zu sein schien. Mein Vorschlag, eine festliche Urkunde anfertigen zu lassen, war entrüstet zurückgewiesen worden, aber nach langem Hin und Her, und nachdem der Sekretär ein paarmal hinausgeschlüpft war, hieß es auf einmal: »Chenery sagt, George findet Ihre Idee gut.« Ich erhielt den Auftrag, die Urkunde zu besorgen.

Mehr erfuhr ich über George zunächst nicht, nur entdeckten einige Mitglieder plötzlich ihre Freundschaft zu mir, während sich andere sichtlich über meine Bevorzugung ärgerten.

Ich fragte Chenery in der Bar. Er lachte über meine Unwissenheit und sagte: »George Parsons.«

»Der Herausgeber des ›Phoenix‹? Ich dachte, er lebt gar nicht hier.«

»Er ist nicht oft auf Frostbite. Allerdings weiß ich nicht viel über sein Kommen und Gehen. Weems eher.«

»Er hat in der Organisation allerhand zu sagen.«

»Das vermute ich«, sagte Chenery verwirrt. »Ab und zu meldet er sich zu Wort, und man macht, was er sagt. Es liegt wohl an der Zeitung. Er könnte jeden hier kaputtmachen.«

Ich ging ins Büro zurück und schickte trotz der späten Stunde noch eine Anfrage los.

Achtung McGillicuddy bez. Verbindungen zu Klienten benötige ehestens kolorierte Urkunde Geschenk Homer Witherspoon Präsident Frostbite zur 40jährigen Mitgliedschaft Planetarische Partei Frostbite übliche Sprüche muß terrestrischen Kunststil haben wenn nicht direkt von Erde wegen Antipathie außerirdische Lebewesen hier FRBBüro Ende.

Die Urkunde kam, mit einem Vermerk von McGillicuddy: ›Mach Sie fertig wnn Bldsn. Erinnere Aufg abfang Beschw vor Woch. Wie? McG.‹

An Bord desselben alten Eimers kam ein traurig-süßer Brief von Ellie mit. Sie wünschte meine Rückkehr, aber nicht als eines

Gebrochenen. Ich sollte auf Frostbite etwas ganz Großes leisten, um zu zeigen, was in mir stecke.

Nun, die große Nachricht in dieser Woche war die Ankunft eines vollen Emigrantenschiffs von Thetis/Procyon, einem Planeten, dessen Ökologie in wenigen Generationen durch DDT, Schürfungen, wildes Roden, Einführung von Hasen und Hauskatzen und die Anwendung von vergifteten Ködern total ruiniert worden war. In ein paar tausend Jahren würde der Planet vielleicht wieder bebaubaren Boden, Pflanzen, Wälder und eine ausgeglichene Fauna haben, aber zur Zeit war Thetis eine Ruine, und die Bevölkerung suchte Zuflucht, wo sie sich ihr bot.

Frostbite hatte sich bereit erklärt, 500 Paare aufzunehmen, unter der Voraussetzung, daß sie von der Erde stammten und nicht mittellos waren. Sie kamen mit einem uralten Raumschiff namens ›Esmeralda‹. Nach meinem Schiffsregister gehörte die ›Esmeralda‹ der Frimstedt Gesellschaft, Gammadion, 830 000 Bruttotonnen, 800 000 Nettotonnage, Klasse GX, Versicherungsbewertung: Rumpf A, Atomantrieb A. Platz war eigentlich für nur 850 Personen. Bei 1000 war sie vollgestopft. Sie sollte am frühen Morgen eintreffen. Normalerweise hätte ich Totenwache gehalten, aber die AA-Bewertung beruhigte mich, und ich ging schlafen.

Um 5.30 Uhr summte das Telefon am Bett.

»Hier Willi Egan«, sagte eine ängstliche Stimme. »Sie erinnern sich – Nachtdienst im ›Phoenix‹.« Ich erinnerte mich. Er sollte mir Tips geben. »Mit der ›Esmeralda‹ ist etwas passiert. Dem großen Emigrantenschiff. Ein Empfangskomitee ist dort, aber das Schiff ist überfällig. Ich dachte, da steckt vielleicht ein Artikel drin. Wieviel bekomme ich?«

»Kommt darauf an«, sagte ich. »Danke, Kleiner.« Ich zog mich an und war in fünf Minuten auf der Straße. Es sah gut aus, sehr gut sogar.

Das Schiff war überfüllt, die Versicherungsbewertung ein

Jahr alt – vielleicht stimmte sie nicht mehr, und wir hatten es mit einer Großkatastrophe zu tun.

Ich knipste das Licht im Büro an, griff nach dem Telefon und drückte auf die Taste: »Raumverbindung! Raumverbindung!«

»Ja, Sir. Ihre Nummer, bitte?«

»Geben Sie mir die Brücke der ›Esmeralda‹, die heute landen soll. Inzwischen verbinden Sie mich mit Interplanet und schalten sich ein, wenn Sie die ›Esmeralda‹ haben.«

»Ja, Sir.«

Klick-klick-klick.

»Interplanet-Netz.«

»Geben Sie mir eine Verbindung mit Gammadion, Direktgespräch mit dem Pressesprecher der Frimstedt-Gesellschaft. Nein, den Namen kenne ich nicht. Nein, den Verlauf der Verbindung kenne ich nicht. Inzwischen geben Sie mir die Ortsverbindung und schalten sich ein, wenn Sie meinen Partner haben.«

»Ja, Sir.«

Klick-klick-klick.

»Ihre Verbindung, bitte.«

»Direktgespräch mit dem Direktor Raumflughafen.«

»Ja, Sir.«

Klick-klick-klick.

»Hier ist die ›Esmeralda‹, Sir.«

»Wer spricht da?« brüllte eine Stimme. »Hier ist der Zahlmeister, wer spricht da?«

»Interstellar-Nachrichten, Büro Frostbite. Was hat es mit der Verspätung des Schiffes auf sich?«

»Ich kann jetzt nicht sprechen! O Gott, ich kann nicht sprechen! Im Zwischendeck schnappen sie über –« Er legte auf, und ich fluchte.

»Raumverbindung!« schrie ich. »Geben Sie mir noch einmal die ›Esmeralda‹ – wenn Sie die Brücke oder den Funkraum nicht erreichen, die Kapitänskabine, irgend jemand an Bord!«

»Ja, Sir.«

Klick-klick-klick.

»Hier ist Ihre Verbindung, Sir.«

»Raumflughafen«, tönte es aus der Muschel.

»Hier Interstellar-Nachrichten. Was ist mit der ›Esmeralda‹? Ich habe eben mit dem Zahlmeister im Weltraum gesprochen, und es gibt Probleme an Bord.«

»Ich weiß nicht mehr darüber als Sie«, sagte der Direktor.

»Was ist an den Gerüchten über mangelnde Sicherheit?« fragte ich versuchsweise.

»Das ist ein ganz dummes Gerede!« schrie er erregt. »Der Atomantrieb ist völlig sicher!«

»Immerhin war es ein technisches Gutachten –«

»Wie? Was? Ich weiß nicht, wovon Sie reden.« Er begriff, daß er hereingelegt worden war. »Auch andere Schiffe haben sich schon eine Stunde verspätet, und Gerüchte gibt es überall. Das ist alles, was ich zu sagen habe!« Er legte auf.

Klick-klick-klick.

»Interplanet-Netz. Ich versuche, Ihre Verbindung herzustellen. Augenblick.« Es knackte und summte, dann hörte ich ein schwaches Räuspern.

»Hier Kapitän Gulbransen. Wer spricht da, bitte?«

Ich schrie respektvoll ins Telefon: »Kapitän, hier Interstellar-Nachrichten auf Frostbite. Ich wollte wissen, ob Sie sich dazu äußern möchten, daß die ›Esmeralda‹ mit tausend Emigranten nach Frostbite überfällig ist.«

»Junger Mann«, knurrte Gulbransen, »in unseren Bedingungen steht eindeutig, daß alle Ankunftszeiten plus oder minus acht Erdstunden zu nehmen sind, und daß die Firma keine Haftung für Fälle übernimmt –«

»Entschuldigen Sie, Sir, aber das weiß ich. Trotzdem ist es doch so, daß die planmäßigen Ankunftszeiten gewöhnlich um nicht mehr als fünfzehn Minuten über- oder unterschritten werden, nicht?«

»Ja, aber –«

»Bitte, entschldigen Sie noch einmal, Sir – ich möchte nur noch eine Frage stellen. Es besteht natürlich wegen der Verspätung der ›Esmeralda‹ kein Grund zur Besorgnis, aber würden Sie nicht meinen, daß sich ein Schiff, das sich mehr als eine Stunde verspätet, in Gefahr befindet? Und wäre die Lage nicht alarmierend?«

»Na ja, bei einer ganzen Stunde, vielleicht. Ja, gewiß – aber die Marge von acht Stunden –« Ich legte den Hörer leise auf den Tisch und riß den ›Phoenix‹ von gestern auf. Die Ankunftszeit der ›Esmeralda‹ war mit ›0330 Uhr‹ angegeben. Und die große Wanduhr zeigte 0458 Uhr an.

Ich legte auf und hetzte zum Ätherschreiber, die zu verbreitenden Meldungen klar im Kopf. Ich würde fünfzehn Glockenschläge vorausschicken und dann senden:

Interstellar Blitz

Emigrantenschiff Esmeralda mit 1000 Personen von Thetis Procyon für Frostbite eineinhalb Stunden überfällig. Eigentümer räumt ein, Lage ›alarmierend‹, Schiff ›in Gefahr‹.

Und unmittelbar danach eine Meldung mit fünf Glockenschlägen:

Interstellar Eilt

Frostbite – Das Emigrantenschiff Esmeralda, das heute mit 1000 Zwischendeckpassagieren von Thetis Procyon auf Frostbite erwartet wird, ist eineinhalb Stunden überfällig. Ein Sprecher für die Schiffseigentümer, die Frimstedt-Gesellschaft, erklärte, eine solche Lage sei ›alarmierend‹, und das Schiff könne als ›in Gefahr‹ befindlich betrachtet werden. Die Esmeralda ist ein 830 000 Tonnen großes Fracht- und Passagierschiff.

Der Direktor des Raumflughafens Frostbite gab zu, daß es Gerüchte über den Zustand des Atomantriebs des Raumfahrzeugs gegeben hat, obwohl er vor einem Jahr mit ›A‹ bewertet wurde.

Der Zahlmeister des Raumschiffs, im Weltraum befragt, war erregt und kaum verständlich. Er sagte –

»Aufstehen, Spencer, weg von der Maschine.«

Es war Joe Downing, eine Pistole in der Hand.

»Ich muß eine Meldung durchgeben«, sagte ich verständnislos.

»Ein andermal.« Er trat an den Ätherschreiber und nickte befriedigt, als er sah, daß das Papier weiß war. »Der Direktor vom Raumflughafen hat mich angerufen«, sagte er. »Er erwähnte, daß Sie herumschnüffeln.«

»Verschwinden Sie jetzt endlich?« sagte ich entgeistert. »Ich habe Blitzmeldungen durchzugeben, Mann. Lassen Sie mich in Ruhe!«

»Ich sage, weg von der Maschine, sonst schieße ich Sie nieder.«

»Aber warum denn? Warum?«

»George wünscht keine Sensationsmeldungen von Frostbite.«

»Sie sind verrückt. Mr. Parsons ist selbst Zeitungsmann. Stecken Sie die Kanone weg und lassen Sie mich arbeiten!«

Ich drehte mich zum Schreiber, als eine neue Stimme sagte: »Nein! Tun Sie's nicht, Mr. Spencer. Er bringt Sie um, er bringt Sie wirklich um.«

Es war Leon Portwanger, mein Nachbar, der behauptet hatte, Kennedy nicht näher gekannt zu haben. Er meinte es ernst, das sah man ihm an. Ich stand auf und wich zurück.

»Ich verstehe das nicht«, sagte ich.

»Sie brauchen es nicht zu verstehen«, erklärte Downing. »Sie müssen nur begreifen, daß George das nicht wünscht.« Er schoß in den Schreiber hinein, und ich schrie auf. Es war mir, als hätte er mich getroffen.

»Nicht«, warnte Portwanger. Ich hatte gar nicht wahrgenommen, daß ich auf Downing zugegangen war und sich die Pistole jetzt auf mich richtete. Ich blieb stehen.

»Schon besser«, sagte Downing. Er riß das Telefonkabel aus

der Wand. »Jetzt gehen Sie ins Hotel und bleiben da zwei Tage.«

Ich konnte es nicht fassen.

»Aber die ›Esmeralda‹ wird explodieren«, sagte ich. »Das wird eine Großkatastrophe. Die Hälfte sind Frauen! Ich muß das durchgeben!«

»Ich bringe ihn in sein Hotel, Mr. Downing«, sagte Portwanger. Er griff nach meinem Arm und führte mich hinaus.

Im Hotel gab mir jemand einen Drink, mir wurde schlecht, und zwei Pagen brachten mich auf mein Zimmer. Als ich wieder zu mir kam, fühlte ich mich ganz klar und wach, und Chenery stand mit besorgter Miene vor mir.

»Sie sind achtundvierzig Stunden bewußtlos gewesen«, sagte er. »Sie hatten hohes Fieber, Schüttelfrost, alles mögliche. Was war mit Ihnen und Downing?«

»Was ist mit der ›Esmeralda‹?« fragte ich.

»Wie? Explodiert, eine halbe Million Meilen von hier. Der Atomantrieb ging in die Binsen.«

»Hat jemand für mich ISN verständigt?«

»Ging nicht. Die Verbindungen sind wieder mal unterbrochen. Sie scheinen den letzten klaren Kontakt mit Gammadion erreicht zu haben. Und Sie haben eine Kugel in Ihren Ätherschreiber gejagt –«

»Ich? Von wegen – das war Downing!«

»So? Na, das ergibt eher einen Sinn. Downing ist tot. Er lief mit seiner Pistole Amok, und Polizeichef Selig erschoß ihn. Der alte Portwanger sagte aber, Sie hätten den Ätherschreiber demoliert, als Sie Downing die Waffe wegnahmen – nein, das ergibt keinen Sinn. Was denkt sich der Alte?«

»Ist mir egal. Sehen sie irgendwo meine Hose? Ich muß den Schreiber reparieren.«

Er half mir beim Anziehen. Ich war ein wenig schwach auf den Beinen, aber ich schaffte es.

Downing hatte den Ätherschreiber nicht total ruiniert. Mit

Hilfe des Handbuches montierte ich die beschädigten Teile ab und ersetzte sie. Die Justierung war schwieriger. Chenery achtete auf die Skalen, während ich an den Schrauben drehte. Nach vier Stunden war ich soweit. Ich tippte:

Achtung Marsbüro. Frbbüro wieder aktiv nach Defekt und Erkrankung.

Die Maschine spuckte zurück:

Achtung Frbbüro. Wie Zstreff Erkr mit Grßktstr Ihr Geb. Fragezeichen. Konkrnz Gammadion nch Ihr unrklr Erkr zr Stell. McG Ende.

Er wollte nichts mehr davon hören. Ich konnte ihn direkt sehen, wie er von der Maschine davonstakte. Kurze Zeit später rührte sich die Maschine wieder.

Joe Joe wie konntest du Fragezeichen. Ellie.

O Gott.

»Lassen Sie mich allein, ja?« sagte ich zu Chenery.

»Klar – klar. Wie Sie meinen«, sagte er und ging.

Ich saß eine Weile am Schreibtisch und sah, daß die Telefonverbindung wieder hergestellt war, daß man alles aufgeräumt hatte.

Leon Portwanger kam mit einer Flasche hereingewatschelt.

»Ich habe hier Pflaumenschnaps«, sagte er.

Mir ging ein Licht auf.

»*Sie* haben mir was ins Glas geschüttet«, sagte ich langsam. »Und Sie haben Lügen über mich verbreitet. Sie sagten, ich hätte den Ätherschreiber demoliert.«

»Sie sind ein Determinist, und ich wollte Ihnen das Leben retten«, sagte er, stellte zwei Gläser auf den Tisch und füllte sie. »Suchen Sie sich eins aus, ich nehme das andere. Garantiert ungefährlich.« Ich nahm ein Glas und kippte das Zeug hinunter.

»Ich dachte, Sie gehören zu der Bande«, sagte er. »Was sollte ich denn sonst denken? Sie haben den armen Kennedy erledigt. Lungenentzündung! Sie bekämen auch Lungenentzündung, wenn man Sie mit Wasser übergießt und über Nacht in der Unterwäsche aufs Dach legt. Die Flaschen sind hier nur aufgebaut worden. Er trank ein bißchen mit mir, er betrank sich ab und zu – aber das war alles.«

»Sie dachten, ich gehöre zu der Bande«, sagte ich. »Zu welcher gehören Sie?«

»Zur Interplanetarischen Partei Frostbite«, sagte er mit schiefem Lächeln. »Ich weiß, wir sind Außenseiter, die dazugehören wollen, wir werden von Strohmännern der Planetarischen Partei gelenkt. Was sollte ich tun – eine Einmannpartei auf einem Berggipfel gründen, so rein, daß ich alle außer mir auf die schwarze Liste zu setzen hätte? Ich bin ein unverbesserlicher Reformer und Idealist, ob ich will oder nicht – und manchmal gefällt es mir gar nicht.

Kennedy war kein Reformer und Idealist. Er war Pragmatiker, ein guter Mann, der einen Knüller haben wollte, um nebenbei den Saustall hier auszumisten. Er gebrauchte mich, ich gebrauchte ihn. Er bekam seinen Knüller, und sie brachten ihn um und brachen hier ein, um alle Beweise wegzuräumen. Oder?«

»Ich weiß nicht«, murmelte ich. »Warum haben Sie mich betäubt? Ist Downing wirklich übergeschnappt?«

»Ich habe Sie ein bißchen vergiftet, weil Downing *nicht* verrückt geworden ist. Er hatte den Auftrag, Sie an der Weitergabe der Meldung zu hindern. Wahrscheinlich hätte er Sie umgebracht, wenn ich Ihnen nicht was ins Glas getan hätte. Während Sie krank waren, begriff man, daß man es anders machen mußte. Wenn man Sie umbrachte, würde nur ein anderer Journalist hier auftauchen. Brachte man Downing um, dann konnte man alles auf ihn schieben. Sie standen mit einem bloßen Verdacht da, und – Downings gibt es genug, nicht wahr?«

Ich begann zu begreifen.

»Die geheimnisvollen ›sie‹ wollten also kein Aufsehen um Frostbite, weil sonst Reporter und Ermittler aufgetaucht wären. Da die Nachricht von Gammadion kam, liefen alle Leute dorthin. Aber was hat man zu verbergen? Die Politik hier stinkt zum

Himmel, aber auf fünfzig anderen Planeten geht es nicht besser zu. Korruption, Alkohol, Prostitution, Drogen, Glücksspiel –«

»Keine Drogen«, sagte Portwanger.

»Das ist Unsinn«, erwiderte ich. »Natürlich gibt es Drogen. Wieso nicht, bei allem anderen?«

»Entschuldigen Sie«, sagte er achselzuckend. »Ich sagte schon, daß ich Reformer und Idealist bin. Ich habe nicht erwähnt, daß ich gelegentlich Rauschgift nahm. Um den Druck zu lindern – die ganz kleinen Morphiumsulfattabletten. Sie können sich mein Entsetzen vorstellen, als ich vor achtundzwanzig Jahren hierherkam und feststellen mußte, daß es keinerlei Drogen gab. Glauben Sie mir, wenn ich Ihnen sage, daß ich mich wirklich umgesehen habe. Jetzt bin ich natürlich dankbar dafür, aber ich hatte ein paar schwere Wochen zu überstehen.« Er schauderte, füllte unsere Gläser und leerte das seine. »Verdammt nochmal!« fuhr er auf. »Muß ich Sie mit der Nase draufstoßen? Kommen Sie endlich von selbst dahinter? Und werden Sie umgelegt wie mein armer Freund Kennedy? Da, schauen Sie! Und da!« Er sprang auf und riß ›Wer ist Wer in der Galaxis‹ und den Abschlußbericht des UP-Ausschusses für Drogen herunter.

Sein dicker Finger deutete auf:

›Parsons, George Warmerdam, Chemiker, Verleger, geb. Gammadion 172, Diplom Chem. Institut. Gründete Firma Parsons Chemische Labors. Umzug Frostbite. Gründung der Zeitung ›Phoenix‹. Autor wissenschaftl. Abhandl. Mitgl. der Chem. Vereinigung. Anschrift über ›Phoenix‹, Frostbite.‹

Und im anderen Buch:

›– eine besondere Schwierigkeit mit dem Betäubungsmittel ›J-K-B‹. Erstmals aufgetaucht im Jahr 197 auf Gammadion, als ein paar isolierte Fälle behandelt wurden. Das Problem steigerte sich rasch bis zum Jahr 203, als die Droge weit verbreitet war. Aus ungenannten Gründen wurde die Zufuhr in den Jahren 203–204 abgeschnitten. Die Preise stiegen ins Uferlose, es kam zu zahllosen Überfällen und Morden durch Süchtige, während

Hunderttausende zu den Behörden gingen, um Hilfe zu suchen. J-K-B tauchte im Jahr 205 wieder auf, seitdem sind die Lieferungen konstant geblieben – genug, um das Leben von einigen zig Millionen Menschen zu quälen und zu verkürzen. Die Vernehmungen von Rauschgifthändlern haben bislang nur zu einer Kette scheinbar unzähliger Mittelsleute geführt. Die Droge selbst kann ihrer Natur nach nicht analysiert werden –‹

Mir wurde schwindlig. Wo Parsons sich als Chemiker versucht hatte, war J-K-B aufgetaucht. Suchte er einen anderen Planeten auf, ließ der Nachschub nach. Hatte er sich eingerichtet, ging es wieder los.

Und was konnte besser sein als ein total korrupter Planet, den er mit seinem Geld und seiner Zeitung zu beherrschen vermochte?

»Ich bin Reformer und Idealist«, sagte Portwanger ruhig, »kein Mann der Aktion. Was sollte jetzt geschehen?«

Ich dachte nach.

»Wenn es mich das Leben kostet, und das könnte passieren, dann schicke ich hier Blitznachrichten und Meldungen ab. Mein Liebesleben hängt davon ab. Leon, kennen Sie jemand auf dem Mars?«

»Einen Sirianer namens Wenjtkpli – einen philosophischen Anarchisten. Eine irreale Einstellung. Das ist die Welt, in der wir leben, es gibt gewisse Hebel. Wieso kann er so tun –?«

Ich hob die Hand.

»Ich kenne ihn auch.« Ich dachte wieder an den elften Doppelten; dagegen schmeckte der Pflaumenschnaps beinahe mild. Ich schluckte. »Glauben Sie, Sie könnten zum Mars fliegen, ohne umgelegt zu werden?«

»Man kann es versuchen.«

Die nächsten beiden Wochen waren eine Tortur. Ich durchlitt sämtlich Qualen der Verdammten. Vierzehn Tage lang wartete ich ständig auf eine Kugel in den Rücken.

Leon flog mit einem alten Raumschiff ab. Ich hatte keine Garantie dafür, daß man ihn nicht beseitigen würde. Aber dann kam die erste Nachricht.

Achtung Frbbüro. Wie zum Teufel soll Utrnm lfn wenn kne Txte kmn. McG Marsbüro.

Das hatte ich hervorgerufen, indem ich mich hatte vollaufen lassen, statt Material für den ›Phoenix‹ zu liefern. Ich war zu Weems möglichst flegelhaft gewesen, um dafür zu sorgen, daß er sich bei McGillicuddy beschwerte. Der entscheidende Ausdruck war ›zum Teufel‹. Bei unseren Kontakten wurde grundsätzlich nie geflucht. ›Zum Teufel‹ bedeutete, daß Portwanger sich mit McGillicuddy in Verbindung gesetzt hatte und die Streitkräfte der Vereinten Planeten verständigt waren.

Zwei Tage später hieß es:

Achtung Frbbüro. Ws fr Idiot schickt tgl nur vier fünf Meldg Fragezeichen Untrhlt Büo z teuer. Rwrt sfrt mr Lstg. Antwrt McG Marsbüro.

Das hieß, daß ein Kriegsschiff der UP unterwegs war nach Frostbite, und zwar würde es in vier, fünf Tagen hier eintreffen.

Die nächste Mitteilung hätte ISN mit der Aufsichtsbehörde in Schwierigkeiten bringen können, wäre nicht ein guter Anlaß vorhanden gewesen. Ich kann sie nicht zitieren. Sie kam aber, als ich unterwegs war, um zum Festessen für Witherspoon zu gehen. Ich kehrte um, sperrte die Bürotür ab, krempelte die Ärmel hinauf und wartete schwitzend.

Als ich die Schiffe der UP dröhnen hörte, ließ ich fünfzehn Glockenschläge anklingen und begann:

Interstellar Blitz
Schiffe der Vereinten Planeten landen auf Frostbite, Krueger 60 B's einzigem Planeten, in beispielloser Massenrazzia auf Tip von ISN, daß diese Welt alleinige Quelle der tödlichen Droge J-K-B.

Interstellar Dringend
Eine Flotte von UP-Schiffen landete auf dem einzigen Planeten von Krueger 60-B, Frostbite, in einer beispiellosen Massenrazzia heute abend. Auf eine von ISN gegebene Information hin, beschafft durch Joe Spencer, hofft man, die Quelle der tödlichen Droge J-K-B verstopfen zu können, von der die Galaxis seit 20 Jahren gequält wird. Das chemische Genie, das unter Verdacht steht, die Droge erfunden und vertrieben zu haben, ist George Parsons, geachteter Verleger der einzigen Zeitung von Frostbite.

Interstellar Blitz
Erstes Schiff der UP landet in der Hauptstadt Frostbite.

Interstellar Blitz
Kommandeur der Flotte gewährt ISN-Büro Frostbite Exklusivinterview am Telefon und meldet Festnahme der Planetarregierung bei Festessen.

Anschluß Frostbite
Frostbite – ISN – Ein ISN-Reporter hat schon sein Leben dafür geopfert, den Hersteller von J-K-B zu entlarven. Ed Kennedy, ISN-Büroleiter, wurde von Gehilfen des Drogenherstellers George Parsons vor drei Monaten umgebracht. Agenten Parsons zogen Kennedy aus und legten ihn über Nacht in die bittere Kälte dieses Planeten, so daß er an Lungenentzündung starb. Ein zweiter ISN-Reporter, Joe Spencer, entkam knapp dem Tod durch die Hand eines Mitglieds der Bande, das ihn hindern wollte, Meldungen hinauszugeben.

Interstellar Blitz
Truppen nehmen Parsons fest.

Interstellar Dringend
Frostbite – Ein Sprecher der UP teilte telefonisch mit, daß George Parsons festgenommen und eindeutig identifiziert worden ist. Parsons hatte auf Frostbite unter dem Namen Chenery gelebt und sich als Journalist bei seiner Zeitung ausgegeben. Erklärte der Sprecher: »Ein typisches Manöver. Wir sind nie so nah an die Spitze herangekommen, daß wir hätten etwas unternehmen können. Parsons glaubte, durch Annahme eines anderen Namens, sich der Gerechtigkeit entziehen zu können. Wir haben ihn jedoch eindeutig identifiziert und erwarten in Bälde ein Geständnis. Parsons scheint selbst J-K-B-süchtig zu sein.

Interstellar Blitz
Parsons legt Geständnis ab

Anschluß Frostbite
Frostbite – ISN – Die Truppen der UP und die ISN reichten sich heute die Hände im Triumph über das übelste Nest von Rauschgiftherstellern, das die Galaxis je gesehen hat. J-K-B, die berüchtigte Droge, die gedroht hat –

In dieser Nacht schickte ich an die dreißigtausend Wörter hinaus. Todmüde konnte ich kaum noch lesen, was der Ätherschreiber mir am Ende mitteilte:

Achtung Frbbü. Gut gemacht. Rückkehr Mars sofrt. Schicke Ersatz. Marsbüro McG.

Das Flaggschiff der UP schaffte mich sofort zurück, ohne Ärger und ohne Yaks.

Nach einer sanften Landung fuhr ich mit einem Stuhl nach Osten und pfiff, als ich zur ISN-Redaktion hinaufschwebte. Im

Saal war es zur Abwechslung einmal still, und die Jungs und Mädchen standen für mich auf.

McGillicuddy erhob sich und sagte: »Willkommen zu Hause. Offen gesagt, ich hätte nicht geglaubt, daß Sie es in sich haben, aber ich habe mich geirrt. Sie sind ein Beispiel für den Beruf und ISN.«

Portwanger war auch da.

»Ein Pragmatiker, Ihr McGillicuddy«, murmelte er. »Aber Sie haben gute Arbeit geleistet.«

Ich achtete kaum auf ihn; mein Blick glitt suchend durch den Saal. Schließlich fragte ich McGillicuddy: »Wo ist Miss Masters? Hat sie frei?«

»Was sagen Sie dazu?« meinte McGillicuddy lachend. »Ich habe ganz vergessen, Ihnen das zu sagen. Sie ist Ihr Ersatz auf Frostbite. Gestern habe ich sie weggeschickt. Ich dachte, vom Standpunkt der Frau – wohin wollen Sie denn?«

»Zu Blogris Kneipe«, sagte ich würdevoll. »Wenn Sie mich brauchen, ich liege unter dem dritten Tisch links, wenn Sie hereinkommen. Mit Sägemehl im Haar.«

Der Abenteurer

Präsident Folsom, der Fünfundzwanzigste, sagte verärgert zu seinem Schatzkanzler: »Mich soll der und jener holen, Bannister, wenn ich davon auch nur ein einziges Wort verstanden habe. Warum kann ich die Nicolaides-Sammlung nicht kaufen? Und fangen Sie nicht wieder mit Rediskont und Serie W an. Sagen Sie mir einfach, warum.«

Der Schatzkanzler sagte mit einem Gefühl der Besorgnis und einem einschnürenden Würgen an der Kehle: »Es läuft darauf hinaus – kein Geld, Mr. President.«

Der Präsident war zu sehr in die Gedanken an die großartige Sammlung vertieft, um aufzubrausen.

»Sie ist doch so preiswert«, sagte er traurig. »Eine archaische Henry-Moore-Plastik – eigentlich zu groß zum Befingern, aber ich bin Gottseidank kein Snob – und fünfzehn frühe Morrisons, und ich kann gar nicht aufzählen, was noch alles.« Er sah den Minister für Öffentliche Meinung hoffnungsvoll an: »Könnte ich sie nicht zum öffentlichen Wohl beschlagnahmen oder dergleichen?«

Der Minister für Öffentliche Meinung schüttelte den Kopf.

»Ausgeschlossen, Mr. President. Wir kämen nie damit durch. Die Kunstliebhaber würden aufschreien.«

»Möglich ... Warum ist denn kein Geld da?« Er hatte sich wieder gefährlich dem Schatzkanzler zugewandt.

»Sir, der Erwerb der neuen Anleihe Serie W läßt zu wünschen übrig, weil die potentiellen Käufer angelockt werden von –«

»Aufhören, aufhören, aufhören! Sie wissen, daß ich von diesen Dingen nicht das Geringste verstehe. Wohin geht das Geld denn?«

Der Budgetdirektor sagte vorsichtig: »Mr. President, während des jetzt zu Ende gehenden Doppeljahres entfielen auf das

Verteidigungsministerium achtundsiebzig Prozent der Ausgaben –«

Der Verteidigungsminister knurrte: »Augenblick mal, Felder! Wir erhielten die Zustimmung –«

Der Präsident unterbrach mit schwächlichem Zorn: »Ach, ihr Schurken! Mein Vater wüßte schon, was er mit euch machen müßte! Aber glaubt nicht, daß ich nicht damit fertig werde. Glaubt nicht, daß ihr mich hereinlegen könnt.« Er drückte wütend auf eine Taste; sein albernes Gesicht war vom Zorn verzerrt, und die Gesichter am Kabinettstisch zeigten eine gewisse Anspannung.

In den Wänden öffneten sich Schiebetüren, hinter denen grinsende Geheimdienstleute standen. Auf jedes Kabinettsmitglied richteten sich mindestens zwei Maschinenpistolen.

»Führt diesen – diesen Verräter hinaus!« schrie der Präsident. Sein Finger zeigte auf den Verteidigungsminister, der schluchzend über dem Tisch zusammensank. Zwei Geheimdienstler führten ihn hinaus.

Präsident Folsom XXV. lehnte sich zurück und schob die Unterlippe vor.

»Beschaffen Sie mir das Geld für die Nicolaides-Sammlung«, sagte er zum Schatzkanzler. »Verstehen Sie? Es ist mir egal, wie Sie das machen. Beschaffen Sie es.« Er funkelte den Minister für Öffentliche Meinung an. »Haben Sie etwas zu sagen?«

»Nein, Mr. President.«

»Na gut.« Der Präsident ließ sich erweichen und sagte klagend: »Ich begreife nicht, warum Sie nicht alle vernünftiger sein können. Ich bin ein umgänglicher Mensch. Ich verstehe nicht, warum ich zu meiner ganzen Verantwortung nicht auch ein wenig Vergnügen haben kann. Wirklich nicht. Und ich bin empfindsam. Ich mag diese Szenen nicht. Nun gut. Das ist alles. Die Kabinettssitzung ist vertagt.«

Sie standen auf und gingen stumm hinaus, dem Dienstalter gemäß hintereinander. Der Präsident sah, daß die Wandtüren noch geöffnet waren, drückte auf die Taste, die sie schloß, und die Geheimdienstleute verschwanden. Er zog ein Tastobjekt aus der späten Morrison-Periode heraus und befingerte es mit entspanntem Lächeln. Wie herrlich!

Das Kabinett, ohne den Verteidigungsminister, hielt in einer unabgehörten Ecke vom Turnsaal des Weißen Hauses eine Rumpfsitzung ab.

»Mein Gott«, sagte der Außenminister bleich. »Der arme alte Willy!«

»Wir sollten den Kerl umlegen«, sagte der Minister für Öffentliche Meinung. »Ist mir egal, was passiert –«

Der Budgetdirektor meinte trocken: »Wir wissen alle, was geschehen würde. Präsident Folsom XXVI. würde das Amt übernehmen. Nein, wir müssen weitermachen wie bisher. Nur das Unbesiegbare kann die Republik stürzen . . .«

»Wie wäre es mit einem Krieg?« fragte der Handelsminister wild. »Wir haben keinen Beweis, daß unser Programm funktioniert. Wie wäre es mit einem Krieg?«

»Nicht, solange es ein Gleichgewicht der Mächte gibt«, widersprach Außen. »Das hat die Io-Kallisto-Frage bewiesen. Die Republik und die Sowjets einigten sich sofort, als die Gefahr bestand, daß wirklich geschossen werden würde. Folsom XXV. und Seine Exzellenz Premier Jersinski wissen immerhin soviel.«

»Was halten Sie alle von Steiner für die Verteidigung?« fragte der Schatzkanzler.

Der Budgetdirektor war erstaunt.

»Nimmt er es denn?«

Der Schatzkanzler räusperte sich.

»Ich habe ihn gebeten, vorbeizukommen.« Er schleuderte einen Medizinball auf den Bauch des Budgetdirektors.

»Auah!« sagte dieser. »Sie gemeiner Kerl. Steiner wäre ideal.« Er feuerte den Medizinball auf den Minister für Rohstoffe ab, der ihn ruhig auffing und zurückwarf.

»Da kommt er«, sagte Rohstoffe. »Steiner! Kommen Sie her und schwitzen Sie was ab!«

Steiner, ein stämmiger Mann um die Fünfzig, schlenderte heran und sagte: »Hab' nichts dagegen. Wo ist Willy?«

»Der Präsident hat ihn als Verräter entlarvt«, sagte Außen. »Vermutlich ist er schon exekutiert.«

Steiner blickte grimmig und noch grimmiger, als der Schatzkanzler sagte: »Wir wollen Sie für die Verteidigung vorschlagen.«

»Ich fühle mich im Normenamt wohl«, sagte Steiner. »Und sicherer. Sein Vater interessierte sich noch für Wissenschaft, aber er kommt nie vorbei. Es geht sehr ruhig zu. Warum ladet ihr nicht Winch von der Nationalen Kunstkommission ein? Für ihn wäre das kaum eine Verschlechterung.«

»Kein Hirn«, sagte der Minister für Rohstoffe. »Achtung!«

Steiner fing den Ball auf und warf ihn zurück.

»Was nützt Hirn?« fragte er.

»Näher zusammen, meine Herren«, sagte Außen. »Diese Weitwürfe strengen mich zu sehr an.«

Sie traten zusammen, und das Kabinett erklärte Steiner, wozu Hirn gut war. Er akzeptierte schließlich.

Der Mond gehört ganz der Republik. Der Mars den Sowjets. Titan der Republik. Ganymed den Sowjets. Aber Io und Kallisto sind nach dem Vertrag von Greenwich halb Besitz der Republik, halb Besitz der Sowjets.

Auf der Hauptstraße der Hauptsiedlung auf Io verläuft eine unsichtbare Linie. Auf der einen Seite heißt die Siedlung New Pittsburgh, auf der anderen Nishni-Magnitogorsk.

Eines Tages wankte ein achtjähriger Junge namens Grayson in ein Bergarbeiterhaus in New Pittsburgh, aus dem Kopf blutend. Seine Augen waren beinahe zugeschwollen.

Sein Vater fuhr hoch und stieß eine Flasche um.

»Da schau, was du angerichtet hast!« schrie er und schlug dem

Jungen ins Gesicht, daß er an die Wand taumelte. Der Junge richtete sich stumm auf und funkelte seinen Vater an.

»Schon wieder gerauft«, sagte der Vater. Er senkte den Blick. »Verdammter Narr –«

Eine große, magere Frau kam von der Küche herein.

»Verschwinde«, sagte sie tonlos zu dem Mann. Der Mann rülpste und sagte: »Dein Lausekerl hat mir die Flasche umgestoßen. Gib mir einen Dollar.«

»Ich muß etwas zu essen kaufen.«

»Einen Dollar, hab' ich gesagt!« Der Mann schlug ihr ins Gesicht, das sich nicht veränderte, und riß einen kleinen Geldbeutel, der an einer Schnur um ihren Hals hing, an sich. Der Junge stürzte sich plötzlich wie ein Wilder auf den Vater, schlug mit den Fäusten auf ihn ein und biß ihn. Es dauerte nur ein paar Sekunden. Der Vater stieß ihn in eine Ecke, wo er liegenblieb. Die Mutter hatte sich nicht bewegt. Der Abdruck seiner Hand brannte noch immer rot auf ihrem Gesicht, als der Vater mit dem Geld hinausstapfte.

Mrs. Grayson kauerte sich neben dem Jungen nieder.

»Kleiner Tommy«, sagte sie leise. »Mein kleiner Tommy! Bist du wieder über der Linie gewesen?«

Er schluchzte hysterisch in ihren Armen, während sie ihn streichelte. Endlich brachte er heraus: »Ich war nicht über der Linie, Ma. Diesmal nicht. Es war in der Schule. Sie sagten, wir hießen in Wirklichkeit Krasinski. Der Teufel soll ihn holen!« kreischte der Junge. »Sie sagten, sein Großvater habe Krasinski geheißen, und er sei über die Linie gegangen und habe sich Grayson genannt! Der Teufel soll ihn holen! Uns das anzutun!«

»Aber, Liebling«, sagte die Mutter und streichelte ihn. »Aber, Liebling.« Sein Zittern beruhigte sich. »Holen wir die Spulen heraus, Tommy. Du darfst in der Schule nicht zurückbleiben. Das bist du mir schuldig, nicht wahr, Liebling?«

»Ja, Ma«, sagte er. Er warf die schmalen Arme um sie und küßte sie. »Hol die Spulen. Wir zeigen es ihm, ihnen, meine ich.«

*

Präsident Folsom XXV. lag auf dem Totenbett und spürte keine Schmerzen, weil ihn sein Arzt mit Morphium vollgepumpt hatte. Dr. Barnes fühlte den Präsidentenpuls und nickte ab und zu. Die vier Journalisten von den Nachrichtenagenturen achteten nicht auf ihn. Sie besprachen besorgt Charakter und Eigenschaften des Erstgeborenen ihres Präsidenten, der in Kürze in das höchste Amt der Republik nachrücken würde.

»Ein Feuerkopf, wie ich höre«, sagte der Mann von AP unglücklich.

»Feuerköpfe stören mich nicht«, sagte der Mann von UP. »Er kann Verordnungen ausgeben, so oft er will, solange er nicht ein Gymnastikfanatiker ist. Ich bin nicht mehr so jung wie früher. Ihr erinnert euch ja nicht an den alten Präsidenten Folsom XXIII. Er machte endlose Wanderungen. Er verehrte den alten Roosevelt, FDR.«

Der Mann von INS sagte leise: »Dann war das der falsche. Theodore war der Athlet.«

Dr. Barnes zuckte zusammen, ließ das Präsidentenhandgelenk fallen und hielt einen Spiegel an den Mund.

»Meine Herren«, sagte er, »der Präsident ist tot.«

»Okay«, sagte der AP-Mann. »Gehen wir, Jungs. Ich gebe die Blitzmeldung hinaus. UP, Sie gehen zum Wahlmännergremium. INS, Sie befassen sich mit dem Nachfolger. Trib, Sie sammeln Interviews und Hintergrundmaterial –«

Die Tür ging plötzlich auf. Ein Oberst der Infanterie stand keuchend da, eine Maschinenpistole im Anschlag.

»Ist er tot?« fragte er.

»Ja«, sagte der AP-Mann. »Wenn Sie mich vorbeilassen –«

»Niemand verläßt den Raum«, sagte der Oberst grimmig. »Ich vertrete General Slocum, den amtierenden Präsidenten der Republik. Das Wahlmännergremium ist dabei, die Ratifizierung –«

Eine Salve traf den Oberst in den Rücken; er fuhr mit einem heiseren Aufschrei herum und brach zusammen. Im Weißen

Haus fielen noch mehr Schüsse. Ein Geheimdienstler steckte den Kopf herein.

»Ist der Präsident tot? Ihr bleibt hier. Wir haben in einer Stunde hier alles erledigt –« Er verschwand.

Der Arzt stieß Unverständliches hervor, aber die Journalisten beachteten ihn nicht.

»Wer ist Slocum?« fragte der AP-Mann.

»Ich erinnere mich«, sagte INS. »Drei Sterne. Er hat vor vier, fünf Jahren die Taktische Luftlandearmee in Kansas befehligt. Ich nahm an, er wäre pensioniert.«

Eine Phosphorgranate krachte durch das Fenster und explodierte; dichte Phosphorwolken breiteten sich aus.

»Los!« schrie der AP-Mann, und sie hetzten hinaus und warfen die Tür zu. Die Jacke des Arztes brannte an zwei oder drei Stellen, und er hustete schwächlich, am Boden liegend. Sie rissen ihm die Jacke herunter und warfen sie in das Zimmer.

Der UP-Mann fluchte und kratzte ein knisterndes Stück Phosphor mit dem Taschenmesser vom Handrücken, dann brach er zusammen. Der ISN-Mann gab ihm eine Flasche Kognak, und er trank gurgelnd.

»Wer hat das Ding geworfen?« fragte er schwach.

»Niemand«, sagte der AP-Mann düster. »Das ist ja das Arge. Das findet alles nicht statt. So wenig wie es Taft 03 gegeben hat. So wie die Pentagon-Meuterei 67 nicht stattfand.«

»68«, sagte der UP-Mann gepreßt. »Es war nicht nur 67 nicht, sondern auch 68 nicht.«

Der AP-Mann fluchte.

»Verdammt nochmal«, zischte er. »Eines Tages möchte ich –« Er verstummte verbittert.

»Ich auch«, sagte der UP-Mann, den Betäubung und Alkohol unvorsichtig machten. »Ich möchte alles hinausschreien. Vielleicht war es 67, nicht 68. Ich weiß es nicht mehr. Revolution wäre gut. Aber dazu braucht man Leute. Leute mit Augen und Ohren. Un' Gedäch'nis. Wir sorg'n dafür, daß etwas nich' passiert ist, un daß die Leute nichts hören und sehen –« Er sank an die Wand und hielt sich die verbrannte Hand. Die anderen sahen ihn angstvoll an.

Dann erblickte der AP-Mann den Verteidigungsminister, der, flankiert von Geheimdienstlern, den Korridor herunterkam.

»Mr. Steiner!« rief er. »Wie sieht es aus?«

Steiner blieb schwer atmend stehen und sagte: »Slocum hat sich im Ovalen Raum verbarrikadiert. Man will nicht mit Gewalt eindringen. Er ist so etwa der einzige, der übriggeblieben ist. Es waren nur um die Fünfzig. Der amtierende Präsident hat im Arbeitszimmer das Kommando übernommen. Wollt ihr mit?«

Sie gingen mit und schleppten sogar den UP-Mann mit sich.

Der amtierende Präsident, der Präsident Folsom XXVI. sein würde, sobald das Wahlmännergremium dazu kam, hatte das Gesicht seines Vaters – dicke Unterlippe, Hängebacken – auf einem harten jungen Körper. Er hatte ferner eine Maschinenpistole. Fast das ganze Kabinett war versammelt.

»Steiner«, sagte er böse, »können Sie erklären, weshalb es in Ihrem Bereich einen Aufstand gegen die Republik gibt?«

»Mr. President« sagte Steiner, »Slocum ist auf meine Empfehlung hin vor zwei Jahren pensioniert worden. Meine Verantwortung war damit beendet. Alles Weitere betraf die Sicherheitsdienste.«

Der Nachfolger nahm den Finger vom Abzug.

»Gewiß«, sagte er knapp und wandte sich zur Tür. »Slocum!« schrie er. »Kommen Sie raus. Wir können jederzeit Gas einsetzen.«

Die Tür öffnete sich unerwartet, und ein erschöpft aussehender Mann mit drei Sternen auf den Schulterklappen stand mit leeren Händen vor ihnen.

»Also gut«, sagte er niedergeschlagen. »Ich war Narr genug, zu glauben, daß gegen das Regime etwas auszurichten sei. Aber ihr Schwachköpfe mit euren feisten Gesichtern macht weiter und immer weiter –«

Das Rattern der Automatikwaffe schnitt ihm das Wort ab. Der Nachfolger feuerte mit Fingerknöcheln, die weiß geworden waren, in den toten General, bis das Magazin leer war.

»Verbrennt das«, sagte er knapp und wandte sich ab. »Doktor Barnes, kommen Sie her. Ich will über das Hinscheiden meines Vaters Bescheid wissen.«

Der Arzt unterhielt sich mit ihm.

»Danke, Doktor«, sagte der Nachfolger schließlich. Er sah die Journalisten an, bevor er einem Geheimdienstler winkte. »Führt diese Verräter hinaus«, befahl er.

Betäubt folgten sie dem Mann.

Der Außenminister räusperte sich.

»Mr. President«, sagte er, »ich benütze diese Gelegenheit, die Demission des Kabinetts anzubieten, wie es Brauch ist.«

»Schon gut, Sie können ruhig bleiben«, sagte der Nachfolger. »Ich habe ohnehin vor, die Dinge selbst in die Hand zu nehmen.« Er wog die Waffe in der Hand. »Sie«, sagte er zum Minister für Öffentliche Meinung. »Sie haben Arbeit vor sich. Das Andenken an meinen Vater muß möglichst schnell ausgerottet werden. Die Republik hat eine kriegerische Haltung einzunehmen – ja, was gibt es?«

Ein zitternder Bote sagte: »Mr. President, ich habe die Ehre, Ihnen mitzuteilen, daß das Wahlmännergremium Sie zum Präsidenten der Republik gewählt hat – einstimmig!«

Kadett Klasse Vier Thomas Grayson lag in seiner Koje und schluchzte vor Einsamkeit. Der Brief seiner Mutter hing zerknittert zwischen seinen Fingern: ›– nicht sagen, wie stolz ich über deine Zulassung zur Akademie bin. Ich habe meinen Großvater kaum gekannt, Liebling, aber ich weiß, daß du zum Wohl der Republik so großartig dienen wirst wie er. Du mußt um meinetwillen mutig und stark sein –‹

Er hätte alles dafür gegeben, wieder bei ihr sein zu können. Als er Schritte hörte, schob er den Brief unter das Kopfkissen. Er sprang auf, aber es war nur sein Zimmergenosse Ferguson. Ferguson war von der Erde und genoß die geringere Mondschwerkraft, die Graysons Io-gewohnten Körper quälte.

»Gleich kommt die Inspektion«, sagte Ferguson. Er half Grayson, sein Bett strammzuziehen, und fand den Brief. »Ah!« sagte er albern. »Wer ist sie denn?« und öffnete ihn.

Als die Offiziere den Raum erreichten, lag Ferguson am Boden, nahe daran, von Grayson erdrosselt zu werden. Ferguson kam ins Lazarett, Grayson mußte sich beim Kommandanten melden.

»Kadett Grayson, erklären Sie den Vorfall«, sagte der Vorgesetzte grimmig.

»Sir, Kadett Ferguson las ohne Erlaubnis einen Brief meiner Mutter.«

»Das wird vom Korps nicht als Anlaß für Tobsuchtsanfälle anerkannt. Haben Sie sonst noch etwas zu sagen?«

»Sir, ich habe die Beherrschung verloren. Ich dachte nur daran, daß das eine Mißachtung meiner Mutter und auch des Korps und sogar der Republik war – daß Kadett Ferguson das Korps erniedrigte.«

Quatsch, dachte der Kommandant. Er sah sich den jungen Mann an. Für einen Io-Bewohner mußte es hier wahrhaftig beinahe unerträglich sein. Noch fünf Minuten, und der Junge würde umkippen.

Er studierte Graysons Akte. Man konnte sich noch nicht festlegen, aber der junge Mann drängte sich geradezu nach zusätzlichen Pflichten.

»Hundert Stunden Gepäckdrill«, knurrte der Kommandant, »und zwar bis zum Quartalsschluß. Kadett Grayson, wenn Sie das schaffen, denken Sie daran, daß es im Korps eine Kameradschaft gibt, an die man sich zu halten hat. Wegtreten.«

Nach Graysons Gruß und Kehrtwendung befaßte sich der Vorgesetzte genauer mit der Akte. Offenbar war mit dem linken Arm Graysons etwas nicht in Ordnung, aber die Prüfungskommission hatte nichts einzuwenden gehabt. Sehr ungewöhnlich. Völlig irregulär. Aber man konnte jetzt nichts mehr tun.

Der Präsident, dicker als bei seiner Wahl, und viel vorsichtiger geworden, fauchte: »Einen Zwischenfall kann man leicht arrangieren, aber woher soll das Geld kommen? Wer will die ganze Io überhaupt? Und was passiert, wenn es Krieg gibt?«

»Die Hamsterer bringen es auf, Mr. President«, sagte der Schatzkanzler. »Ein System von Prämien für Personen, die Währungshamsterer anzeigen, und dann erzwungener Ankauf einer Anleihe.«

»Wir brauchen das Eisen, Mr. President«, sagte Rohstoffe. »Wir brauchen es unbedingt.«

»Alles weist darauf hin, daß der sowjetische Premier nur bewaffnete Invasion seiner Kontinentalgrenzen als Kriegsgrund ansehen würde«, meinte Außen. »Die Verbraucher-Partei im Sowjet ist immer stärker geworden, und dadurch hat die Aufrüstung gelitten. Ihre kluge Anweisung, die Republik auf den Krieg vorzubereiten, hat Früchte getragen, Mr. President –«

Präsident Folsom XXVI. betrachtete sie. Er hielt einen Grenzzwischenfall als Anlaß für einen erzwungenen Erwerb von Sowjet-Io nicht für so dringend wie sie, aber sie waren immerhin Spezialisten. Immerhin, irgend etwas störte ihn ...

Unsinn, dachte er. Das Kabinett konnte sich nichts leisten. Das System war nach wie vor unschlagbar.

»Also gut«, sagte er. »Lassen Sie das anrollen.«

Mrs. Grayson, Witwe, aus New Pittsburgh, Io, verschwand eines Nachts. Es stand in allen Zeitungen, wurde in allen Nachrichtensendungen verbreitet. Einige Zeit später schleppte sie sich über die Linie zwischen Nishni-Magnitogorsk und New Pittsburgh in trauriger Verfassung zurück. Sie hatte schreckliche Dinge über ihre Behandlung zu erzählen. Eine diplomatische

Note an die Sowjets wurde mit einer anderen erwidert, diese von der Entsendung der Ersten Flotte der Republik nach Io, worauf die Sowjets ebenfalls zwei Flotten dorthin entsandten.

Es kam zum Kampf.

Fähnrich Thomas Grayson übernahm das Kommando seines Zerstörers, als der Kapitän auf der Brücke getötet wurde. Eine erregte Besatzung sah den seltsamen, in sich gekehrten jungen Mann ungeheure Taten vollbringen. Nach einer Woche hatte der Zerstörer sieben Zerstörer und einen Kreuzer der Sowjets auf der Abschußliste. Grayson wurde ausgezeichnet und bekam eine Flottille. Sein unheimlicher Magnetismus erstreckte sich auf alle Besatzungsmitglieder. Sie schlugen zu wie Phantome. Grayson wurde zweimal verwundet, überlebte aber alles.

Er bekam wieder einen Orden und das Flaggschiff eines kranken Vierstreifenoffiziers.

Ohne Anweisung landete er auf der sowjetischen Seite von Io, führte einen Trupp selbst an, stieß durch zwei gegnerische Regimenter hindurch und kehrte mit Gefangenen zurück: den militärischen und zivilen Spitzenleuten der Sowjets.

Man diskutierte nervös über ihn.

»Er besaß etwas Mystisches, Admiral. Seine Leute würden ihm in einen Atomofen folgen. Und – ich glaube beinahe, er würde sie wieder sicher herausführen.«

»Er sieht unscheinbar aus, aber wenn er seinen Charme einschaltet – dann Achtung!«

»Er – er ist ein Sieger! Was heißt das eigentlich?«

»Verstehe schon. Es gibt sie ab und zu. Leute, die man nicht aufhalten kann. Leute, die alles haben. Napoleons. Alexanders. Stalins. Aus dem Nichts.«

»Suleiman. Hitler. Folsom. Dschingis Khan.«

»Na, bringen wir es hinter uns.«

Grayson wurde an Bord gepfiffen, erhielt wieder einen Orden und noch eine Rede. Diesmal hielt er selbst eine.

*

Präsident Folsom XXVI. hatte sein Kabinett gerufen, weil er nicht wußte, was er sonst tun sollte.

»Nun?« fuhr er den Verteidigungsminister an.

»Mr. President, man kann nichts tun«, erwiderte Steiner achselzuckend. »Er hat die Flotte, er hat die Sender, er hat das Volk.«

»Volk!« schrie der Präsident. Er drückte auf einen Knopf, die Türen öffneten sich und zeigten die Geheimdienstler in ihren Nischen. Der Finger richtete sich auf Steiner. »Bringt den Verräter um!«

»Mr. President«, sagte der Geheimdienstchef, »wir haben Grayson gehört, bevor wir den Dienst antraten. Er sagt, er sei de facto Präsident –«

»Bringt ihn um! Bringt ihn um!«

»– und was er über die Republik sagte, gefiel uns. Die Bürger sollten keine Befehle mehr von Ihnen annehmen, und er wird Sie absetzen –«

Der Präsident fiel nach hinten.

Grayson kam herein, in seiner Fähnrichsuniform, und lächelte schwach. Er hatte Admirale und Generale um sich.

»Mr. Grayson!« sagte der Geheimdienstler. »Übernehmen Sie jetzt?«

»Ja. Und nennen Sie mich einfach ›Grayson‹, bitte. Der Titel kommt später. Sie können jetzt gehen.«

Der Geheimdienstler grinste erfreut und zog mit seinen Leuten ab. Der schmächtige, noch junge Mann hatte das Kommando ganz übernommen.

»Mr. Folsom, Sie sind der Präsidentschaft enthoben«, sagte Grayson. »Captain, nehmen Sie ihn mit und –« Er zuckte die Achseln. Folsom wurde hinausgeführt.

Grayson schaute sich um.

»Wer sind Sie, meine Herren?«

Sie spürten seinen Magnetismus, wie das Summen, wenn man an einem Kraftwerk vorbeigeht.

»Grayson« sagte Steiner, »wir sind Folsoms Kabinett. Wir müssen Ihnen aber mehr mitteilen. Allein, wenn Sie erlauben.«

»Gut, meine Herren.« Die hohen Offiziere verließen betroffen den Raum.

»Grayson, die Geschichte datiert viele Jahre zurück«, sagte Steiner. »Mein Vorgänger William Malvern war entschlossen, das Regime zu stürzen, weil er es für eine Beleidigung des menschlichen Geistes hielt. Es hat viele solche Versuche gegeben. Alle zerbrachen an den Felsen der Spionage, des Terrorismus, der Meinungssteuerung – die drei Waffen, die das Regime fest in Händen hält.

Malvern versuchte es auf andere Weise. Er beschloß, sich zunutze zu machen, daß gewisse Männer Geschichte machen, daß es Männer gibt, die in der Lage sind, die alte Gußform zu zerbrechen. Sie sind die Philips von Mazedonien, die Napoleons, Hitlers, Stalins, Suleimans – die Abenteurer. Immer wieder fegen sie durch die Geschichte, vernichten ein altes Imperium, verwandeln normale Soldaten in unbesiegbare Dämonen, entwurzeln Kulturen, hauchen todgeweihten Völkern neuen Atem ein.

Es gibt einen gemeinsamen Nenner, oder sogar mehrere. Anderes ist geheimnisvoll, aber stets vorhanden. Sie sind Ausländer. Napoleon, der Korse. Hitler, der Österreicher. Stalin, der Georgier. Philip, der Mazedonier. Stets besteht ein Ödipuskomplex. Stets ist ein körperlicher Defekt vorhanden. Napoleons Statur. Stalins verkümmerter Arm – und der Ihre. Stets existiert ein Minderheitsnachteil, wahr oder eingebildet.

Das ist ein Schock für Sie, aber Sie müssen damit fertigwerden. *Sie sind hergestellt worden.*

Malvern hat das Kabinett mit den doppelzüngigsten Leuten besetzt, die er finden konnte, und sie machten sich an die Arbeit. Sechsundachtzig Kinder wurden in den Vorposten der Republik in vergleichbare Familien eingepflanzt. Ihre Mutter war nicht Ihre Mutter, sondern eine der glänzendsten Schauspielerinnen, die es je gegeben hat. Ihr Intelligenz-Erbgut war so glänzend, daß wir Sie wegen eines körperlichen Defekts nicht abweisen konnten. Wir haben Ihren Arm mit Gammastrahlung verdorren lassen. Ich hoffe, Sie vergeben uns. Es gab keinen anderen Weg.

Von den sechsundachtzig sind Sie der eine, bei dem es geklappt hat. Irgendwie war die Kombination bei Ihnen etwas anders als bei den übrigen, und es klappte. Das war alles, was wir wollten. Die Gußform ist zerbrochen, Sie wissen jetzt, was Sie sind. Lassen Sie das Chaos kommen, die tote Hand der Vergangenheit liegt nicht mehr auf –«

Grayson ging zur Tür und winkte; zwei Hauptleute kamen herein. Steiner verstummte, als Grayson zu ihnen sagte: »Diese Männer bestreiten meine Gottheit. Führt sie hinaus und –« Er zuckte die Achseln.

»Ja, Eure Göttlichkeit«, sagten die Hauptleute ohne eine Spur von Humor in den Stimmen.

Der letzte Mann an der Bar

Sie kennen ihn, Joe – oder Sam, Mike, Tony, Ben, wie Ihr hinterlistiger, billig jovialer Name auch sein mag. Und machen Sie sich nichts vor, guter Leser; Sie kennen ihn auch.

Er war ein Einzelgänger.

Man bemerkte ihn nicht, wenn er hereinschlüpfte; man wußte nur durch seine beleidigende Art Bescheid, wenn er endlich deinen Blick auffing und verlegen sagte: »Einen Kurzen und ein Bier«, daß er einem den Arbeitstag verleiden würde. Von sechs Uhr abends bis zwei Uhr morgens ein Tag? Aber, ah, die schreckliche Alternative ist arbeiten, um sich das Leben zu verdienen.

Ein Schnaps und ein Bier um 8.35 Uhr.

Und ohne daß er etwas ahnte, guter Leser, verschworen sich in der Garage an der Straße weiter unten die beiden Erzeuger seines Dilemmas; der Atem vom großen dunklen gebückten hageren Galardo und dem mausäugigen Mädchen vermischten sich.

»Hyü soll ein frommer Mensch sein«, wies er sie an.

»Ich kenne die Rolle«, quietschte sie und zitierte: »›Wehe dem Tag, an dem ich in die Welt geboren bin! Wehe dem Schoß, der mich hervorgebracht! Wehe der Brust, die mich gesäugt! Wehe den Füßen, auf denen ich saß und ruhte! Wehe den Händen, die mich trugen, bis ich wuchs! Wehe meiner Zunge und meinen Lippen, die Eitelkeit, Herabsetzung, Falschheit, Unwissenheit, Spott, Belangloses und Heuchelei gesprochen haben! Wehe meinen Augen, die sich an den Worten der Verleumder erfreuten! Wehe meinen Händen, die ergriffen, was ihnen nicht rechtens gehörte! Wehe meinem Bauch und meinen Eingeweiden, die nach Nahrung lüsteten, die nicht gesetzlich war! Wehe meiner Kehle, die alles verschlang, was sie fand!‹«

Er schluchzte bei dieser Schönheit und nickte endlich, Tränen in den Augen.

»Ja, dass iss Religion. Das hör ich gar zu gern.«

Sie war hingerissen.

»Ich kann noch anderes, o ja. Ich kann Mithrar und Isis und Marduk und Eddyismus und Pealing und Uranium, sowohl orthodox wie reformiert.«

»Mithrar, Isis und Marduk sind lange dahin, und dü anderen kommen örst. Hör auf deunen Meuster, plappre nicht, und wir machen ein Kunstwerk, von dem unter dem grünen Himmel gesprochen wird, bis alle Nahrung verzehrt ist.«

Inzwischen lauschte der Einzelgänger, lieber Leser. Zu seiner Linken kräftige stumme Männer in Kameradschaft, die Bauer, die Tuer, die Wagenden: »Und da sagte ich dem Vorarbeiter, was er mit dem Ding machen kann. Ich sagte, ich fahre eine Warner und Swasey, ich fahre eine Warner und Swasey gut, eine Bullard hab' ich in meinem ganzen Leben noch nicht aus der Nähe gesehen, und was er damit machen kann. Ich weiß, wie man mit einer Warner und Swasey umgeht, und warum er mich von einer Warner und Swasey wegnimmt, wo ich mich auskenne, und mich an eine Bullard stellt, und wo er sie sich hinstecken kann, hab' ich nicht recht?«

»Absolut.«

Zu seiner Rechten die kläräugigen, tugendhaften Matronen, die stabilen, die wahrhaft Sehenden, die Liebenden: »Ach, ich weiß nicht, was ich will, was willst du? Ich trinke eigentlich Scotch, aber ich habe keine Lust drauf, und wenn ich mit Muskatellergeruch heimkomme, nennt Eddie mich eine Wermutschwester und lacht sich kaputt. Ich weiß nicht, was ich will. Was willst du?«

Im Kasten über der Bar raste der rumpelnde Raster.

Ein Schnaps und ein Bier. Um 8.50 Uhr.

In seinem inneren un-geheimen Herzen: Langsam, Junge. Du mußt das durchdenken. Nichts Unmögliches dabei, kein Grund, sich auf ein Unentschieden einzulassen; nur ein bißchen Zeit zum Nachdenken. Galardo sagte, das Schwarze Kapitel würde eine Scheinunterwerfung annehmen, mich das Siegel zurückgeben lassen, und Schluß. Aber ich darf mich darauf nicht verlassen; bei den Serpentisten hat er mich angelogen. Scheinunterwerfung klingt richtig; sie halten viel von Symbolik. Vielleicht, weil sie so pleite sind, wie die Japaner. Sie trinken eine Tasse Tee und blasen das auf, bis es eine Religion ist; so quetscht man Nahrung aus der Armut –

Laß die Japse. Denk nach. Er hat mich bei den Serpentisten angelogen. Ich muß mir vor allem merken, ich habe das Kapitel-Siegel, und sie brauchen es wieder, oder meinen es jedenfalls. Alles, was du brauchst, ist ein bißchen Zeit, um alles zu durchdenken, einen Ort, wo er nicht wagt, sich auf dich zu stürzen und das Siegel an sich zu reißen. Und das ist hier.

»Joe. Sam. Mike, Tony, Ben, wer Sie auch sind. Nachfüllen.«

Joe – Sam, Mike, Tony, Ben? – kippt die bernsteinfarbene Flasche stumm; der Flüssigkeitspegel steigt und krönt das Glas mit einem konvexen Häubchen. Er dreht den Hahn mit geübter Bewegung zu. Die Neonröhren hinten im Lokal funkeln, da steht der Whisky, das Bier. Um 9.05 Uhr.

Zu seiner Linken: »Finkelstein trifft Goldberg also im Bekleidungszentrum, und er packt ihn so am Rock und brüllt: ›Du Hammel, du Halunke, du Taugenichts, was soll das heißen, daß du mit meiner Frau herumläufst? Ich sollte – ich sollte – sag mal, das soll ein *Knopfloch* sein?‹«

Gedämpftes und besorgtes Lachen; katholisch, protestantisch, jüdisch, wo ist der Unterschied? sage ich immer.

Gab es noch eine jüdische Frage, oder war alles geglättet und verstrichen und brüderlich . . .

Warte. Deine Formel unterstellt, daß sie in der Zukunft sind, und dafür hast du keinen Beweis. Denk nach; du weißt nicht, *wo* sie sind, oder *wann* sie sind, oder *wer* sie sind. Du weißt, daß du in Maggies Resonanzkammer gegangen bist, um das Ziel zu wechseln, experimentelles Iridium für altes, verläßliches Zink – und

»Barmann«, mit beherrschter, förmlicher Stimme. Glas Whisky

und Bier um 9.09 Uhr, während die Hand unter der Erinnerung an einen schmutziggrünen el Greco-Himmel zittert, der Brookhavens Himmel eine Million Jahre früher oder später sein könnte, oder eine Halluzination. Das Siegel, vom grünerleuchteten Altar gerissen, könnte eine nackte Beilagscheibe sein, ein Rad von einem Spielzeuglastauto oder der Schraubdeckel von einer Tube Rasierschaum, nur war es das nicht. Es war das Siegel.

Also: danach begannen sie durchzusickern. Das Kapitel verlangte es zurück. Die Serpentisten wollten es haben, Punkt. Galardo hatte angefangen mit Verhandeln und war bei Drohungen gelandet, aber was konnte man anderes tun, als über sein Höchstangebot zu lachen, ein rostiges Fünfpfundgetriebe mit drei fehlenden Zähnen? Seine Drohungen waren reicher als seine Angebote; sie gipfelten mit dem Jahrhundert der Flamme. »Glaub mir, Vater, das schreckt mich überhaupt nicht; kein Mensch könnte es aushalten.« Subjektiv-objektiv, und Meister Newtons Billardtisch-Vergleich löst sich in Sinneseindrücken von Skalenzeichen ab, während du deinen Beruf lernst, aber Galardo hatte dich zu Tode erschreckt mit seinem Jahrhundert der Flamme.

Aber du hattest das Siegel des Kapitels und hattest Zeit zum Nachdenken, während auf dem Bildschirm über der Bar ein Pierre, ein Paul, eine Annette ihre neckischen Spiele mit Spionage und Pistolen treiben.

Die mit ihren sauber verpackten Problemen, die mit ihren Programmen, die alle Anfang Mitte Ende haben. Der Ritus der billigen in Europa gedrehten Spionageserie, der Ritus des Faustkampfs, der Ritus des Spaziergangs mit dem Hund nach dem Essen und das Bier an der Bar mit gläubig Mitfeiernden am Hohen Altar des Nichts.

9.30 Uhr. Glas Whisky und ein Bier, entschieden das letzte, bis du alles durchdacht hast; du summst schon wie ein Transformator.

Haben sie Transformatoren? Haben sie Vitamine? Haben sie

etwas anderes als den grellen grünen Himmel und den Felsaltar und Schätze wie das Siegel und das rostige Getriebe mit drei abgebrochenen Zähnen? »Alles riecht nach Chloroform. Und alle sind ganz kahl.« Aber Galardo sah aus, als stürbe er an Tuberkulose, und der Brief von den Serpentisten war mit kranker, bebender Hand geschrieben. Überreste mittelalterlicher Barbarei.

Zu seiner Linken –

»Galardo!« schrie er auf.

Der Barmann hetzte herbei – Joe, Sam, Mike, Tony, Ben? – und machte ein finsteres Gesicht.

»Was'n los, Mister?«

»Verzeihung. Ich habe eine Naht an der Seite. Einen Krampf.«

Der Bullenbeißer runzelte die Stirn und drehte sich um.

»Was trinken Sie, Mister?«

Galardo sagte hager: »Wass mein Vrreund hirr tringt.«

»Glas Whisky und 'n Bier, ja?«

»Was machst du hier?«

»Ich tringe Kedränge – hoßt tu tich entschieden, was dü tün willst?«

Der Barmann knallte das Schnapsglas hin und kippte die Flasche darüber, während er Galardo ansah. Der Whisky rann über. Der Barmann zuckte, ging zum Bierhahn und ließ vorsichtig ein Glas vollaufen, wobei er zweimal den Schaum abstrich.

»Mein Vrreund hier zzahlt.«

Er holte einen halben Dollar heraus und legte ihn auf das feuchte Holz. Der Barmann klopfte altmodisch zweimal damit auf die Theke, um zu zeigen, daß er die Münze nicht stahl, auch wenn man nicht hinsah; er ließ die Registrierkasse rasseln.

»Was machst du hier?« noch einmal, mit leiser, sachlicher Stimme, beinahe belustigt, um ihm zu zeigen, daß du die Oberhand hast.

»Ich tringe Kedränge . . . es-isst so sauber hier.« Galardos eingefallenes Gesicht sah unfaßbarerweise sehnsüchtig aus, als er sich in der Bar umsah und den Kopf langsam von extrem links nach extrem rechts drehte.

»Sauber. Na. Ist es nicht sauber hier?«

»Hier isst ess so sauber«, sagte Galardo düster. »Warum hast dü zu üns hinausgegriffen? Uns belästügt?« In seinen Augen hingen Tränen. »Hasst dü entschieden, wass dü tün willst?«

»Ich behaupte nicht, daß ich die Situation ganz verstehe, Galardo. Aber du weißt und ich weiß, daß ich etwas habe, was ihr glaubt, zu brauchen. Es scheint nun keine Gesetze darüber zu geben für Artefakte, die bei zufälliger Überlastung in einem Magnetron auftauchen, und ich habe nur dein Wort dafür, daß es euch gehört.«

»Ah, so stellt süch dass jetzt dar«, sagte Galardo traurig.

»Na ja, so war es. Ich denke an gar nichts Unsinniges, wie eine Million Dollar in kleinen Scheinen, und ich will nicht bedrängt werden, nicht von dir, nicht von anderen. Sag mir einfach, wer du bist, worum es überhaupt geht. Das ist doch Unsinn, weißt du, und Unsinn können wir nicht haben. Ich fürchte, ich drücke mich gar nicht gut aus –«

Und ein selbstsicheres Lächeln und wegdrehen von ihm, was zeigt, daß du keine Angst vor ihm hast, du kannst ihm den Rücken zudrehen und ihn herausfordern, etwas zu unternehmen. In der Öffentlichkeit, in der Bar. Lächerlich; du hast ihn in der Hand.

»Glas Whisky und ein Bier, bitte, Sam.« Um 9.48 Uhr.

Der Barmann füllt die Gläser. Er zögert, bevor er den aus der Hosentasche gezogenen Dollarschein nimmt, zögert beinahe schüchtern und verzieht sein Gesicht zur Grimasse eines Freundes. Aber du kannst lesen in ihm; er entschuldigt sich für seinen Verdacht, daß du eine Schlägerei anfangen wolltest, obwohl Galardo dich nur ein bißchen überrascht hat. Du kannst in ihm lesen, weil dein Verstand heute angespannt ist, bereit für Galardo, bereit für die Serpentisten, bereit, das Ganze weit aufzureißen. Seltsam!

Aber du warst nicht bereit für die Worte, die aus seiner Grimasse dringen, als du das Glas an die Lippen hobst.

»Wo ist Ihr Freund hin?«

Du hast den Whisky verschüttet, als du herumfuhrst und dich umschautest.

Galardo fort.

Du lächeltest und zucktest die Achseln; er kommt und geht, wie es ihm beliebt, wissen Sie. Unverantwortlich, keinerlei Manieren – aber loyal. Ein Prinz unter den Männern, wenn man ihn kennenlernt, ein Prinz, sage ich Ihnen. All das in deinem Lächeln und Achselzucken – na, du hättest Schauspieler werden sollen! Die Sorge, die schwache neurotische Sorge, zeigte sich gar nicht, und es besteht auch kein Grund dafür. Du hast die Oberhand; du hast das Siegel; Galardo wird zurückgekrochen kommen und alles erklären. Zum Beispiel:

»Du fragst dich vielleicht, warum ich euch alle gebeten habe, in der Bibliothek zu erscheinen.«

oder

»Herrgott nochmal, Gracie, ich wollte doch gar nicht nach Kuba! Ich habe doch nur Zigarren bestellt, als du mich am Telefon belauscht hast!«

oder

»Nach eurer Rechnung sind wir von 19 276 A.D. Unsere Mathematik ist eine völlig begreifliche Subsumption eurer statistischen Analyse und Topologie, die ich dir jetzt erläutern werde.«

Und das war alles.

Mit Trauer, guter Leser, werden Sie bemerkt haben, daß der Marmor nicht erklärte: »Ich bin behauen«, das Holz: »Ich bin zersägt«, die Farbe: »Ich bin auf Leinwand aufgetragen«, das Teeblatt: »Ich werde in einer kostbaren koreanischen Kanne gekocht, während die das Cha no Yu-Feiernden diese Nahrung aus ihrer Armut quetschen.« Vergebliches Opfer, beruhige dich und verlaß dich auf deine Ahnungen; auf unbewußte Integration kommt es an. Bleib bei deiner kleinen alten unbewußten Integration, und alles läuft wie am Schnürchen, wenn es hier nur nicht so verdammt laut wäre. Aber auf der Straße war es dunkel, und dort konnten vorstellbare Dinge geschehen; bleib bei den Massen und den Zeugen, aber wenn es nur nicht so wäre ...

Zu seiner Linken ließ man sich nieder; es war die Stunde der Vertraulichkeiten, und von Mann zu Mann erzählten sie sich das Geheimnis ihres Erfolges: »Im DOB-Geschäft, ich bin im DOB-Geschäft, ich verkaufe nichts Schlechtes. Mein Vater sagte immer, Albert, sagte er, verkauf nur ordentliche Ware. Und heute habe ich vier Geschäfte.«

Zu seiner Rechten ließ man sich nieder; befreit von den Sorgen des Tages lud man seine Seelen ein, erforschte das geistige Reich, theologisierte mit exquisiten Unterscheidungen: »Augenblick mal, ich habe nicht gesagt, daß ich ein *guter* Mormone bin, ich sagte, ich bin ein Mormone, und das bin ich, ein Mormone. Ich habe nie behauptet, daß ich ein *guter* Mormone bin, ich habe nur gesagt, ich bin ein Mormone, meine Mutter war Mormonin, mein Vater war Mormone, und darum bin ich auch Mormone, aber ich habe nie behauptet, daß ich ein guter Mormone –«

Distinguo, dröhnte der klassische Donner; distinguo.

Ein Mädchen mit Haube schüttelte das Tambourin unter seinem Kinn und flüsterte fauchend: »Galardo hat gelogen.«

Gib es zu; du warst erschreckt. Aber warum mußte der Barmann mit erhobener Hand gelaufen kommen, warum der Kleiderhändler links von dir zurückzucken?

»Mister, Sie brüllen jetzt schon das zweitemal, das ist ein ruhiges Lokal, wenn Sie nicht still sein können, verschwinden Sie.«

Menschenskind.

»Ich v-versichere Ihnen, das war nicht – Absicht.«

Habgier streitet mit Haß; Habgier gewinnt; Habgier gewinnt immer.

»Aber ruhig sein, Mister, wir sind nicht in der Bowery, das ist eine Familienbar.« Dann nachgiebig: »Nochmal dasselbe?«

»Ja, bitte.« Um 10.15 Uhr läßt das geduldige Mädchen Silber auf der Pergamenthandfläche klirren. Er legte eine Münze auf das Tambourin und fragte höflich: »Haben Sie vorhin etwas zu mir gesagt, Miss?«

»Gott segne euch, Sir. Ja, Sir, ich habe etwas gesagt. Ich sagte, Galardo hat gelogen; das Siegel ist dem Drachen heilig, Sir, und seinen demütigen Botschaftern. Wenn Sie es nur hergeben, Sir, wird der Drache die gräßlichen Qualen, die Ihnen für das Entwenden des Siegels vom Altar zustehen, ein wenig mildern, Sir.«

Entwenden vom Altar? *Ma foi*, die Kleine ist verrückt!

»Hören Sie, junge Dame. Das ist nur Gerede. Was mich an euch ärgert, ist, daß ihr nicht vernünftig redet. Ich möchte wissen, wer ihr seid, worum es geht, vielleicht eine kleine Andeutung über eure Mathematik, und ich erledige den Rest, und ihr könnt euer verflixtes Siegel wiederhaben. Ich bin ein brauchbarer Physiker, wenn auch nur Techniker. Ich wette, es gibt etwas, das ihr nicht wißt. Ich wette, ihr habt nicht gewußt, daß die Techniker knapper sind als die Wissenschaftler. Wenn einer ein Magnetron justieren kann, ist er gesichert. Ich bin schwach bei Quantenmechanik, beim Theoretischen, aber ich bin ein tüchtiger Allround-Mann, und glauben Sie mir, die Herren Doktores würden mir die Füße küssen, wenn ich ihnen sagen würde, daß ich ein Angebot von Argonne habe –

Dann hör zu, die Janitscharen-Emissär. Ich bin hier glücklich, und hier bleibe ich.«

Aber sie sah ihn mit glitzernden, ängstlichen Mausaugen an und huschte weiter, als er Atem holte, hielt den anderen die Pergamenthandfläche hin, ohne den Blick von ihm zu lösen.

Münzen klopften auf das Tambourin.

»Gott segne Sie. Gott segne Sie. Gott segne Sie.«

Der tobende Geist von G. Washington Hill tauchte plötzlich auf und brüllte von der Mattscheibe: »Zeit für die Hit-Parade!«

»Ich mag die Tanznummern.«

»Ich mag diese Pigalle Mackintosh.«

»Ich mag die Tanznummern. Lauter hübsche Weiber, hübsche Kostüme, da denkt man nicht an seine Sorgen.«

»Ich mag diese Pigalle Mackintosh. Sie singt nicht nur, sie spielt auch Saxophon. Sehr talentiert.«

»Ich mag die Tanznummern. Die zeigen, worum es bei dem Schlager geht.«

»Ich mag die Pigalle Mackintosh. Sie singt, spielt Saxophon und läßt eine lange Peitsche knallen.«

»Ja. Da denkt man nicht an seine Sorgen.«

Gereizt tastete er in der Tasche nach dem Spiegel und ging ein wenig schwankend zu einem der Tische an der Holzwand. Sein Kopf glitt auf den Tisch, und er versank im Meer der Mythen.

Galardo kam im Traum zu ihm und sprach unter dem sturmgrünen Himmel: »Denk nicht an deine Sorgen, Edward. Es wurde gestohlen wie der erste Penny, wie die Quizantworten, wie das Mitleid für deinen Verlust.« Seine Hand, ein Tambourin, war ausgestreckt.

»Nie werde ich nachgeben«, erklärte er dem elenden Wicht. »Bei der honneur eines Gascogners, ich habe es brav und ehrlich gestohlen; es gehört mir, Schurke. En garde!«

Galardo krümmte sich und lief davon, verschmolz mit dem Himmel, dem Altar, dem Tambourin.

Eine Riesenhand packte ihn.

»Der Laden wird dichtgemacht«, sagte Sam. »Ich hab' Sie schlafen lassen, weil Sie sich hier haben vollaufen lassen, aber jetzt muß ich zumachen.«

»Sam«, sagte er unsicher.

»Einen für den Heimweg, Mister. Auf Kosten des Hauses. Hinunter damit und dann auf!« Er wird zur Bar geschleppt.

Die Lichter hinter der Theke sind erloschen, die fröhlichen Neons. Eine trübe Birne über der Kasse ist die Oase in der Wüste tintiger Nacht.

»Sam«, lallend, »Sie begreifen nicht. Ich meine, ich habe das nicht erklärt –«

»Trinken Sie aus, Mister.« Ein blasser kostenloser Drink, Mineralwasserbläschen, leicht vom Whisky verfärbt. Ein kleiner Schluck, um Zeit zu gewinnen.

»Sam, hinter mir sind Leute her –«

»Morgen früh fühlen Sie sich besser, Mister. Trinken Sie aus, ich muß zumachen, schnell.«

»Diese Leute, Sam, die haben etwas. Das Jahrhundert der –«

»Klar, Mister. Ich hab' Sie schlafen lassen, weil Sie's hier erwischt hat, aber wir machen jetzt zu, trinken Sie aus.«

»Sam, nehmen Sie mich mit heim, ja? Es ist nicht das, was Sie denken, verstehen Sie mich nicht falsch, ich kann nur nicht allein sein. Diese Leute – sehen Sie, ich habe Geld –«

Er verstreut, was er aus der Tasche gezogen hat.

»Klar, Mister, Sie haben viel Geld, zwei Dollar und achtunddreißig Cent. Jetzt nehmen Sie Ihr Geld und verschwinden, weil ich zusperren muß und abrechnen –«

»Hören Sie, Barmann, ich bin nicht betrunken, vielleicht habe ich nicht viel Geld, aber ich bin ein bedeutender Mann! Bedeutend! Ohne mich könnten Sie die Große Maggie in Brookhaven gar nicht betreiben. Ich habe vielleicht kein Diplom, aber was ich von diesen Leuten zu erwarten habe, wenn Sie mich nur hierbleiben lassen –«

Der Barmann nimmt das Glas, von dem du nur genippt hast, und kippt es in die Spüle; seine Hände an dir sind wie aus Eisen, und du schwebst.

Das Krachen deines Steißbeins auf dem Beton und das Knallen der Tür sind eins.

Lauf!

Die schwarze Straße hinunter über Dosen, Katzen, Karren, zu dem Lichttümpel in der Nacht, der sicheren Ecke, wo ein Laternenmast aufragt und Licht verstreut.

Die große, schwarze Gestalt, die dazwischentritt, ist Galardo.

Die kleine hat ein Tambourin.

»Da, nehmt!« Er hält ihnen das Siegel auf der zitternden Hand hin. »Wenn ihr mir nichts verraten wollt, dann eben nicht. Nehmt es und haut ab!«

Galardo betrachtet es und sagt traurig: »Das scheint eine Beilagscheibe zu sein.«

»Irrtum«, lallt er. »Augenblick.« Er krallt sich in die Taschen, reißt alles heraus. »Da! Da!«

Das Mädchen quietscht: »Das Rad eines Spielzeuglasters. Das genügt durchaus nicht, Sir.« Ihre Glitzeraugen.

»Dann das! Das ist es! Das muß es sein!«

Ihre Köpfe bewegen sich langsam hin und her. Unfähig, hinzusehen, spüren seine Finger den Rand und das Gewinde des Schraubdeckels.

Sie nicken gemeinsam, traurig, aber mit funkelnden Augen, und das Jahrhundert der Flamme beginnt.

Virginia

James Coogler, genannt ›Bunny‹ – das ›Häschen‹ –, erwachte am Morgen der Beerdigung seines Vaters mit einem konfusen Gefühl, daß in seinem Schlafzimmer großes Gedränge herrschte. Ohara, sein Diener – von den Shimanoseki Oharas, nicht zu verwechseln mit dem Dubliner Zweig der Familie – schüttelte seinen Arm und sagte: »Sie aufwachen, Missah Bunny! Ah, so wichtige Herren kommen Sie zu sehen!« Bunny tastete auf dem Nachttisch nach der Sonnenbrille, um seine rötlich geränderten Augen vor dem Licht zu schützen. Ohara steckte sie ihm auf die Nase und schenkte dann hastig eine Prärieauster, ein Bromo Seltzer und eine Tasse schwarzen Kaffee mit Kognak ein. Bunnys übliche Morgenvibration sank langsam auf Null, und er blickte durch die dunklen Gläser um sich.

»Morgen, junger Coogler«, sagte eine rauhe Stimme. Der Umriß gehörte J. G. Barsax, dem Seniorpartner der Firma seines verstorbenen Vaters. Ein gemurmelter Gruß kam von drei anderen enormen Gestalten. Sie waren Gonfalonieri von Der Ersten Amerikanischen, Witz von der Vielseitigkeits-AG, und McChesney von der Süd-Entwicklungs-GmbH. Wäre in diesem Augenblick im Zimmer eine wirksame Zeitbombe explodiert, hätte sie Top Management und Eigentümer im Wert von achtzehn Milliarden Dollar vernichtet.

»Tut mir leid um Ihren Vater«, knurrte Barsax. »Stört es Sie, wenn wir sitzenbleiben? Bis zur Beerdigung bleibt nicht viel Zeit. Wir müssen Sie schnell einweihen.«

»Mr. Sankton hat mir gesagt, was ich zu tun habe«, erwiderte Bunny. »Nach dem ›Amen‹ aufstehen, die Prozession am Sarg vorbeiführen, durch den Mittelgang zu den Wagen –«

»Nein, nein, nein. Natürlich kennen Sie sich da aus. Ich spreche vom Finanziellen. Coogler, Sie sind ein sehr wohlhabender junger Mann.«

Bunny nahm die Sonnenbrille ab.

»Wirklich?« fragte er unsicher. »Aber gar nicht. Da ist der Fonds, von dem er immer sprach, aus dem ich Zwanzigtausend im Jahr bekommen sollte –«

»Sprach«, sagte Gonfalonieri. »Das war alles. Zu Papier hat er es nie gebracht. Sie sind Alleinerbe von rund, na, dreieinhalb Milliarden Dollar.«

Ohara füllte hastig Kaffee mit Kognak nach und drückte Bunny die Tasse in die Hand.

»Sie müssen also gewisse Dinge erfahren«, sagte Mr. Witz leise. »Gewisse Regeln, die sich ergeben haben, und an die Wir uns halten.« Daß das ›wir‹ großgeschrieben wurde, ergab sich schon aus der Betonung.

Man unterrichtete Bunny.

Erstens dürfe er nie zugeben, daß er reich sei. Er könne den Ausdruck gebrauchen ›mein bißchen Eigentum‹, begleitet von einem kleinen Achselzucken.

Zweitens dürfe er unter keinen wie immer gearteten Umständen zu irgendeiner Zeit irgend jemandem etwas geben. Sollte man von ihm etwas verlangen, habe er anzudeuten, daß er diese Bitte leider nicht erfüllen könne, daß sie der letzte, nicht mehr zu fassende Tropfen im überfließenden Gefäß seiner Schenkungen sei.

Drittens müsse er, sobald ihm etwas angeboten werde – von einer Zigarre bis zu einem Millionentip von einem Aufsteiger – es ohne Dank annehmen und sich bitter darüber beklagen, daß das Geschenk nicht schöner ausgefallen sei.

Viertens müsse er die Berührung des Kapitals als solchem als moralisch völlig verwerflich betrachten, dürfe aber nicht so tief sinken, daß er von den Zinsen seiner Zinsen lebe; dies sei nur für Neu-Engländer.

Fünftens müsse er bei einer Heirat seine Braut von einem von Uns wählen.

»Sie meinen, von den vier Herren hier?« fragte Bunny. Er

dachte an Barsax' älteste Tochter und unterdrückte ein Schaudern.

»Nein«, sagte Witz. »Von einem von Uns im weiteren Sinn. Sie werden dahinterkommen, wer wer ist, und schließlich einen Instinkt erwerben, der es Ihnen erlaubt, zwischen einem Millionär und einer Person von echter Substanz zu unterscheiden.«

»Und das«, sagte Barsax, »wäre alles. Wir sehen Sie beim Begräbnis und melden uns später, Coogler.« Er schaute auf die Uhr. »Kommen Sie, meine Herren.«

Bunny hatte Sinn fürs Mechanische; das Museum für Unterdrückte Erfindungen auf Barsax' Besitz in Carolina gefiel ihm. Der alte Kurator schlurfte klagend hinter ihm her.

»Das, Sir, ist der Hundert-Kilometer-pro-Liter-Vergaser. Ich war damals, als er herauskam, noch aktiv und kam dem Ding in einem kleinen Ort in Iowa auf die Spur. Es kostete allerhand Mühe, es zu unterdrücken. Allerhand Mühe, Sir! Aber – binnen zwei Jahren wäre der Vergaser überholt gewesen, siehe nächster Schaukasten. Ja, Sir, da kam die Benzinpille heraus. Lassen Sie sich das zeigen, Sir!«

Er warf eine der grünen Pillen in ein Gefäß mit Wasser und hielt einen Vortrag, als es schäumte und brodelte und sich in Superbenzin verwandelte.

Das Ewige Streichholz war interessant, das Zwei-Cent-Beefsteak schmeckt hervorragend, und die Schwundcreme ließ zwei Zentimeter Speck von Bunnys Bauch schwinden, während er zuschaute.

»Aber, du meine Güte«, kicherte der Kurator, »was hätte es für einen Sinn, den Leuten etwas zu geben, das funktioniert? Sie würden hergehen und es einfach verwenden, und wenn sie es nicht mehr brauchten, würden sie es nicht mehr nehmen, ja?

Und das hier ist eigentlich gar nicht unterdrückt, Sir. Wir bauen es nur etwas auf, und in fünf Jahren sieht es vielleicht so aus, daß es fünftausend Dollar kostet, dann können wir es verkaufen.« Es war dreidimensionales Farbfernsehen; das Herz des Systems bestand aus einer Taschenlampenbatterie, einer kleinen Erdungsschelle und etwas Backpulver.

Bunny besuchte auch die riesige Schädlingserzeugungsanlage in den Rocky Mountains, wo man Fliegen, Wanzen, Mäuse, Schnaken, Baumwollkapselkäfer, Schimmelpilze und den Tabakmosaikvirus geduldig hochzüchtete und per Kurier an die richtigen Orte auf der ganzen Welt brachte.

Bunny hatte begonnen, den Instinkt zu erwerben, von dem die Rede gewesen war. Wenn er einen Öltexaner traf, konnte er erkennen, daß die nervöse Fröhlichkeit und Prahlerei des Mannes von seiner Armut herrührten, und er bedauerte ihn. Als er bei Gonfalonieri eines Tages einen stillen Mann namens Briggs traf, wußte er sofort, daß Briggs einer von Uns war. Es wunderte ihn nicht, später zu hören, daß Briggs alle Grundpatente auf Wasser besaß.

Briggs war es auch, der ihn zu einem wichtigen Gespräch beiseite nahm. Der stille Mann bot ihm eine Tausenddollar-Zigarre an – zu ihrer Herstellung hatte Briggs im Pazifik eigens eine künstliche Insel errichten lassen – und sagte: »Es wird Zeit, daß Sie eine Frau nehmen.«

Bunny widersprach.

»Sehe nicht ein, wieso, Briggs«, murmelte er. »Amüsiere mich gut. Hatte nie viel Glück bei Mädchen – ist jetzt alles anders geworden. Ich meine«, achselzuckend, »mit meinem bißchen Besitz komme ich gut durch, und es kostet mich gar nichts. Komisch. Als ich zehn, zwanzigtausend hatte, als ich arm war, mußte ich lauter Geschenke machen. Jetzt ist es umgekehrt. Sie kaufen mir etwas. Platinuhren. Habe Dutzende davon. Aber die Regeln – ich muß sie nehmen. Komisch.«

»Wir kennen das alle«, sagte Briggs. »Sagen Sie mir Bescheid, sobald Sie sich langweilen.«

»Versprech ich«, sagte Bunny. »Versprech ich wirklich.«

Er verbrachte das nächste halbe Jahr in Hollywood, wo ihn

goldene Mädchen mit coq au vin, Fleischwölfen aus Iridium und ähnlichem Tand überschütteten. Eine charmante Dame schenkte ihm eine Degenscheide aus der Zeit der Kreuzzüge. Ein hübsches Präsent, das Abwechslung brachte in . . .

. . . die *Monotonie?*

Er setzte sich auf dem Nerzüberzug plötzlich auf, so daß die wohlgeformte Blondine schläfrig schnaubte.

»Monotonie«, flüsterte Bunny mit tragisch umflorter Stimme. »Tatsächlich.« Er flog heim zu Ohara, vergaß aber nicht, sein Geschenk mitzunehmen, einen massiv goldenen Nußknacker mit Diamanten.

Ohara griff in den Schatz seiner orientalischen Weisheit, um ihn zu trösten.

»Missah Bunny muß denken, wenn monoton, was für herrliche Art, monoton zu sein?«

Es nützte nichts.

Ohara sagte: »Machen Spaß, vergessen Monotonie. Zum Beispiel, geben ein paar Millionen aus für große Badeort, nennen es Schmilton, Ohio. Denken, wie Missah Nicky sich ärgern, muß nennen Hotel Hilton, Schmilton.«

Es hatte keinen Zweck.

»Ohara«, sagte Bunny tragisch, »ich würde mein bißchen Eigentum geben, wenn mich das Leben nicht, äh, langweilte.«

Über das unbewegliche Orientalengesicht seines Dieners zuckte eine Grimasse. Seine Befehle waren eindeutig, und er wußte, wie furchtbar die Strafe für Ungehorsam sein würde.

Bunny warf sich eine Stunde später allein im Bett herum, und Ohara wählte eine Geheimnummer in New York.

»Hier Ohara«, flüsterte er. »Missah Bunny will herschenken Geld. Ganzes Geld.«

Die Stimme, die antwortete, war die eines Engländers. Sie sagte: »Danke, Ohara. Man hofft natürlich um Ihretwillen, daß die Mitteilung rechtzeitig gegeben worden ist. Man hofft innigst, daß es nicht nötig sein wird, Ihnen den Tod der Tausend Wunden zuzufügen. Allein über Nummer Hundertachtundzwanzig könnte man ein ganzes Buch schreiben, und was Nummer Vierhunderteins angeht –! Na, ich möchte Sie mit meinem Geplauder nicht aufhalten!« Er legte auf.

Binnen Minuten war das einsame Haus in einem Tal umstellt; die vierte Plutokratische Luftlandedivision war die Eliteeinheit unter den Söldnertruppen. In der Morgendämmerung war Bunny unterwegs zu Barsax' Besitz in Carolina, mit starken Drogen betäubt.

Er erwachte im Gästezimmer, das er kannte, neben dem Museum für unterdrückte Erfindungen. Mr. Witz und Mr. Briggs waren zur Stelle. Mit granitenen Gesichtern sagten sie: »Sie haben gegen den Code verstoßen, junger Coogler. Sie sagten, es gebe etwas, das Sie über das Geld stellen. Sie müssen weg.«

»Bitte«, stammelte Bunny, »ich habe das nicht so gemeint. Ich heirate Ihre Tochter. Ich heirate Ihre beiden Töchter! Bringen Sie mich nur nicht um!«

»Unsere anständigen, das Geld achtenden Mädchen möchten mit Ihnen nichts zu tun haben«, sagte Mr. Witz. »Nichts mit einem schmutzigen Plutophoben wie Sie einer sind, junger Coogler. Hätte Ihr armer Vater nur rechtzeitig den Fonds errichtet – nun, Gott sei Dank muß er diesen Tag nicht mehr erleben. Aber wir werden Sie nicht umbringen, junger Coogler. Es steht nicht in unserer Macht, den Tod eines Milliardärs herbeizuführen, so, als sei er ein Tier oder ein bloßes menschliches Wesen. Was wir tun wollen und werden, ist, Sie in Quarantäne zu bringen. In Virginia.«

Das klang für Bunny wie ein krasses *non sequitur,* bis sie ihn ins Museum führten und ein Einmann-Raumschiff herausrollten, das 1923 ein Herr Rudolf Grenzbach von Czernowitz, Oberschlesien, erfunden hatte. Seine Leiche war bald danach in Unterschlesien aufgefunden worden.

Offiziere der Vierten PLLD luden ihn in das bombenähnliche

Gefährt, obwohl er heftig protestierte, und stellten den Kurs ein. Virginia, so schien es, war nicht der benachbarte Bundesstaat, sondern ein Asteroid. Sie zündeten die Raketen, und Bunny war unterwegs.

Vier Jahre später unterhielten Mr. Witz und Mr. Briggs sich wieder.

»Vielleicht haben wir ihn genug erschreckt«, sagte Mr. Witz. »Setzen wir uns über Funk mit dem Jungen in Verbindung und stellen wir fest, ob er seine verrückten Ideen aufgegeben hat und sich retten lassen will.«

Sie funkten mit einer anderen unterdrückten Verbindung zum Asteroiden Virginia.

»Junger Coogler«, sagte Briggs ins Mikrofon. »Hier ist Briggs. Wir möchten wissen, ob Sie zu Verstand gekommen sind und bereit sind, Ihren Platz in der Gesellschaft einzunehmen – in der unseren, versteht sich.«

Aus dem Lautsprecher krächzte Bunnys Stimme.

»Wie war das? Nein, jetzt nicht, im Augenblick nicht, bitte. Wo kommt die Stimme her? Können Sie mich hören, Mr. Briggs?«

»Ich höre Sie«, sagte Mr. Briggs.

»Erstaunlich! Wieder eine Erfindung, was?«

»Ja«, sagte Briggs. »Ich rufe Sie an, junger Coogler, um zu erfahren, ob Sie gehörig bereuen, damit ich Ihre Rettung veranlassen kann.«

»Rettung?« sagte Bunnys Stimme. »Hm, nein, danke. Das wird nicht nötig sein. Amüsiere mich hier sehr. Sie brauchen mich, wissen Sie. Sie lieben mich um, äh, meiner selbst willen. Nicht das verflixte Geld. Zum Teufel mit dem ganzen Geld, sage ich!«

Mr. Briggs, weiß bis an die Lippen, unterbrach die Verbindung.

»Das hat er gewollt«, meinte Mr. Witz.

»Ich weiß. Soll er dort verrotten.«

Der alte Kurator hatte zugehört.

»Auf Virginia?« fragte er mit schwankender Stimme. »Auf Virginia verrottet man nicht. Wissen die Herren nicht, woher der Name kommt?«

»Hab' nie nachgeforscht«, brummte Mr. Briggs. »Erzählen Sie schon, damit Sie es loswerden.«

Der Kurator strahlte.

»Sie nennen den Asteroiden Virginia, weil er der Planetoid der Jungfrauen ist. Ganz verrückt. *Ewige* Jungfrauen. Die Plutokratische Raumflotte sagt, daß sie so etwas noch nie gesehen hat, nicht auf dem Mars, nicht auf Kallisto. Selbsterneuerung – tolle Sache!«

Mr. Briggs und Mr. Witz sahen einander an. Nach einiger Zeit öffnete Mr. Witz den Mund.

»Bunny«, sagte er nachdenklich. »Der Name paßt.«

Kazam oder das Paradies

»Heil, Juwel im Lotus«, flüsterte die dürre, braune Person. Seine Augen waren in heiliger Ekstase geschlossen, seine Lippen gespitzt, so, als schmecke er die süßeste Frucht, die je gereift war.

»Heil, Juwel im Lotus«, murmelten hundert Stimmen im wirren Durcheinander. Der dürre, braune Mann drehte sich um und blickte die Versammlung an. Er faltete die Hände.

»Kinder Hagars«, intonierte er. Seine Stimme war glatt wie altes Elfenbein.

»Kinder Hagars, ihr, die ihr am Busen des Elementaren, des Ewigen, des Un-Wissenden, das ohne Grenzen ist, Freude und Frieden gefunden habt, macht Frieden mit mir.« Man merkte an seiner Stimme schon, wie wichtig alle diese Worte waren.

»Laß unser Wort sich ausbreiten«, tönte der dürre, braune Mann. »Laßt unseren Willen geschehen. Laßt uns zerstören, laßt uns formen, laßt uns bauen. Sprecht leise und macht euren Geist weit wie Hagars Bart.« Mit einer ehrfürchtigen Geste hielt er ihnen zwei Handvoll frei hängenden Bartes hin, die vom Altar strömten.

»Kinder Hagars, vereinigt euren Willen zu Einem.« Die Versammlung kniete nieder, als er die Hände erhob und gestikulierte wie einer, der einem Hündchen befahl, sich tot zu stellen.

Der Versammlungssaal – oder vielmehr Tempel – des Hagar-Kultes befand sich im zweiten Stock eines kleinen Gebäudes in der 59. Straße, das sonst fast völlig leerstand. Der Saal war nach den manchmal merkwürdigen Anforderungen des unerforschlichen Willen-Geist-Drangs Hagars des Unergründlichen eingerichtet; das hieß, daß es überall vergoldetes Holz gab, und Streifen scharlachroten Stoffs, die in Ringen zu je fünf von der Decke hingen. An den ungleich langen Stoffstreifen war nämlich etwas von einer Geheiligten Unaussprechlichkeit.

Die Gesichter der Versammlung waren Studien unterschiedlicher Verzückung. Als der dürre, braune Mann eine Glocke läutete, erhoben sich die Leute und blinzelten abwesend, während er den Segen spendete und hinter einer Tür, die mit vergoldetem Holz verkleidet war, verschwand.

Ein Gemurmel erhob sich.

»Na?« fragte einer einen anderen. »Was halten Sie davon?«

»Weiß nicht. Wer ist er überhaupt?« Eine respektvolle Geste zur Tür.

»Er heißt Kazam. Es heißt, er habe keine Nahrung mehr angerührt, seitdem er die unentrinnbare Modalität gesehen hat.«

»Was ist denn das?«

Bedauerndes Lächeln.

»Das könnten Sie noch nicht begreifen. Warten Sie, bis Sie noch ein paarmal hiergewesen sind. Dann können Sie vielleicht sein Buch lesen, ›Die Enträtselung‹. Danach können Sie sich an das ›Isba Kaschlunk‹ wagen, das er im siberischen Eis gefunden hat. Es eröffnete den Weg zur unentrinnbaren Modalität, aber es ist sehr tief – sogar für mich.«

Sie gingen murmelnd hintereinander hinaus und warfen Münzen in eine Schale, die beiläufig am Ausgang stand. Über der Schale hingen fünf rote Streifen Stoff von der Decke. Die Schale war natürlich aus vergoldetem Holz.

Hinter der Tür hatte der dürre, braune Mann ein wenig Schwierigkeiten. Der Kriminalbeamte Fitzgerald ließ sich nicht überzeugen.

»Erstens«, sagte der Beamte, »haben Sie keine Lizenz, mildtätige Gaben zu sammeln. Zweitens sieht das Ganze nach Betrug und Heimfall aus. Drittens ist dieses Gebäude kein Wohnhaus, und Sie müssen das Feldbett hier rausnehmen.« Er deutete verächtlich auf ein Armeefeldbett, das neben dem alten Rolladenschreibtisch stand. Fitzgerald war ein großer Mann mit gerötetem Gesicht, der sich sehr gepflegt kleidete.

»Es tut mir leid«, sagte der dürre, braune Mann. »Was muß ich tun?«

»Fangen wir am Anfang an. Die Verfassung garantiert freie Religionsausübung, aber ich weiß nicht, ob damit so etwas gemeint ist. Sind Sie Bürger?«

»Nein. Hier sind meine Papiere.« Der dürre, braune Mann zog sie aus einer billigen neuen Brieftasche.

»Geboren in Persien. Name Joseph Kazam. Beruf Gelehrter. Wie kommen Sie darauf?«

»Ein gutes Wort«, sagte Joseph Kazam mit einer hoffnungslosen kleinen Gebärde. »Werden Sie mich fortschicken – deportieren?«

»Das weiß ich nicht«, sagte der Kriminalbeamte nachdenklich. »Wenn Sie Ihre Religion im Rathaus anmelden, bevor wir weitere Beschwerden bekommen, geht es in Ordnung.«

»Ah«, hauchte Kazam. »Beschwerden?«

Fitzgerald sah ihn prüfend an.

»Wir haben eine von einem Mann namens Rooney«, sagte er. »Kennen Sie ihn?«

»Ja. In Wirklichkeit heißt er Runi Sarif. Er hat mich aus Norwegen, Irland und Kanada hinausgejagt – überall dort, wo ich den Hagar-Kult aufbauen wollte.«

Fitzgerald sah an ihm vorbei.

»Ich nehme an, Sie haben viele geheime Feinde, die sich gegen Sie verschwören«, sagte er sachlich.

Kazam überraschte ihn mit einem dröhnenden Lachen.

»Ich bin zu oft überprüft worden, um diesen Trick nicht zu durchschauen«, sagte der Perser grinsend. »Nein, Freund. Ich weiß, Sie halten mich für verrückt.«

»Nein«, murmelte der Kriminalbeamte betroffen. »Ich wollte es nur feststellen. Jeder, der eine Sekte gründet, hat automatisch einen Platz in der Nervenklinik frei.«

»Vergessen Sie's, Sir. Ich spucke auf den Hagar-Kult. Er ist mein Lebensunterhalt, aber ich weiß besser als jeder andere, daß er ein Hohn ist. Wissen Sie, was unser höchstes Geheimnis ist?

Die unentrinnbare Modalität.« Kazam verzog verächtlich den Mund.

»Das ist James Joyce«, sagte Fitzgerald grinsend. »Sie haben Humor, Mr. Kazam. Das ist selten bei den Religiösen.«

»Bitte«, sagte Kazam. »Nennen Sie mich nicht so. Ich bin unwürdig – die edlen, ehrlichen Männer, die für ihre verschiedenen Glaubensbekenntnisse tätig sind, beneide ich. Ich habe zuviel gesehen, um einer von ihnen zu sein.«

»Weiter«, sagte Fitzgerald und beugte sich vor. Er las Bücher, dieser Kriminalbeamte, und hielt sehr viel von abstrakten Diskussionen.

Der Perser zögerte.

»Ich bin ein Ingenieur des Okkulten«, sagte er schließlich. »Ich bin ein Mann, der die verborgenen Kräfte zum Wirken bringen kann.«

»Wie man einem Gnom in die Augen starrt, bis er einen Topf voll Gold für einen findet?« meinte der Beamte lachend.

»Eine Manifestation«, sagte Kazam ruhig. »Nur eine.«

»Hören Sie«, sagte Fitzgerald. »In der Klinik haben sie immer noch Platz. Sagen Sie das nicht öffentlich – bleiben Sie bei der unentrinnbaren Modalität, wenn Sie wissen, was gut für Sie ist.«

»Ach was«, meinte der Perser bedauernd. »Er wirkt auf sie ein.«

Der Beamte schaute sich im Zimmer um.

»Wer denn?«

»Runi Sarif. Er versucht, an Ihren Geist zu gelangen und Sie gegen mich einzunehmen.«

»Quatsch«, sagte Fitzgerald heiser. »Sie lassen sich binnen vierundzwanzig Stunden als Religion eintragen, dann suchen Sie sich eine Unterkunft. Ich halte die Betrugsanzeigen inzwischen zurück. Nur – seien Sie vorsichtig.« Er schob einen eleganten Homburg auf die aschblonden Haare und schritt angriffslustig hinaus.

Joseph Kazam seufzte. Offenkundig war der Kriminalbeamte enttäuscht.

In dieser Nacht wälzte sich Fitzgerald in seiner Junggesellenwohnung auf seinem modernen Bett unruhig hin und her. Da er mit einer gesunden Verdauung gesegnet war, der sogar das Essen in Lokalen nichts anhaben konnte, und weil er über ein ruhiges Gewissen verfügte, erschreckte ihn sein Wachsein beträchtlich.

Da er, wie alle Junggesellen, ein vorsichtiger Mensch war, zögerte er, Schlaftabletten zu nehmen. Als er eine S-Bahn nach der anderen vorbeifahren hörte, taumelte er endlich aus dem Bett und ging betäubt ins Badezimmer, um den Medizinschrank zu öffnen.

Erst als er die Flasche gefunden und zwei Tabletten in die Hand geschüttelt hatte, fiel es ihm ein, Licht zu machen. Er zog an der Schnur und ließ die Pillen entsetzt fallen. Es waren nicht die Schlaftabletten, sondern ein anderes Medikament von früher, das er sich für Notfälle aufgehoben hatte.

Zwei Tabletten wären eine tödliche Überdosis gewesen. Fitzgerald füllte zitternd ein Glas mit Wasser, trank und verschüttete etwa ein Drittel davon auf seinen Schlafanzug. Er tat die Pillen zurück und warf die ganze Flasche weg. Man weiß nie, wann so etwas wieder passiert, dachte er – und dann kann es zu spät sein.

Fest überzeugt davon, daß er das Mittel jetzt wirklich brauchte, schluckte er die Tabletten. Bis er die Flasche zurückgestellt hatte, fand er kaum noch ins Bett zurück, so schläfrig war er.

Er träumte. Fitzgerald stand auf einer Ebene, einer weißen Ebene, die sehr heiß war. Seine Füße waren nackt. In mittlerer Entfernung erhob sich ein Steinturm, um den geflügelte Totenschädel kreisten – Schädel mit Fledermausflügeln, deren Flattern und Klatschen er deutlich hören konnte.

Aus der Ebene – er erkannte jetzt, daß es eine Wüste aus dünnem, weißem Sand war – erhoben sich kleine Wirbel aus Nebel um ihn. Er begann ganz langsam zu laufen, viel langsamer, als er es wollte. Er glaubte, vom Turm und den Wirbeln wegzulaufen, aber aus irgendeinem Grund blieben sie in seinem Gesichtsfeld. Egal, wohin er abbog, der Turm mit den Schädeln war immer vor ihm. Der Kreis der Wirbel um ihn wurde enger, und er verdoppelte seine Bemühungen, zu entkommen.

Schließlich versuchte er zu fliegen und sprang in die Luft hinauf. Obwohl er meterweit schwebte, langsam und mühelos, konnte er nicht dort landen, wo er es wollte. Aus der Luft sahen die Wirbel wie Blütenblätter aus, und wenn er herabschwebte, landete er genau in der Mitte der seltsamen Blüte.

Wieder rannte er, verfolgt vom Kreis nebliger Kegel, den Turm immer noch vor sich. Mit den nackten Füßen spürte er etwas prickelnd Klammes. Der Kreis hatte sich immer mehr verengt und packte seine Füße wie eine Falle.

Er schoß in die Luft und flog direkt auf den Turm zu. Das knarrende, flatternde Geräusch der geflügelten Schädel klang jetzt viel lauter. Er richtete den Blick auf die Seite und konnte gerade die Spitzen seiner eigenen schwarzen, flatternden Membranen sehen.

So, als seien gewöhnliche Alpträume für einen Menschen nicht Last genug, war er plötzlich von einem unerhört scharfen Gehör befallen. Das war seltsam, denn Fitzgerald war auf einem Ohr immer ein bißchen taub gewesen.

Die Geräusche, die er hörte, waren bedrückend, wie das Tikken einer Armbanduhr zwei Stockwerke unter ihm, das Gurgeln von Wasser in Abflußkanälen, als er durch die Straßen ging, das Summen von unterirdischen Telefondrähten. Das Polizeipräsidium war ein Tollhaus mit seinem Stentoratmen, dem Maschinengewehrfeuer einer sich drehenden Wählscheibe, dem Haubitzenknall eines zuklappenden Zigarettenetuis.

Er ließ sein Schlafzimmer schalldicht auskleiden und versuchte, es zu ertragen. Das half ein bißchen; er stellte fest, daß er sich auf ein Buch konzentrieren und das Zischen des Atems in seinen Bronchien, das Pochen in den Handgelenken und Schläfen, das

Gluckern der Nahrung in seinen Eingeweiden, einfach überhören konnte.

Fitzgerald wurde nicht wahnsinnig, denn er war ein Mann mit Ideen. Er glaubte an sauberes Regieren und Ausrottung einer Verbrecherklasse, die man nach seiner Ansicht an den Ohrläppchen und ähnlichen Merkmalen erkennen konnte.

Er ging nicht zum Arzt, weil er wußte, daß sich im Polizeipräsidium herumsprechen würde, daß Fitzgerald Geräusche hörte und bald wohl auch alles mögliche erblicken würde, und es hätte wenig Sinn gehabt, einen solchen Menschen bei der Polizei zu beschäftigen.

Der Beamte studierte die späten Freudianer und versuchte, den immer wiederkehrenden Traum zu analysieren. Das Buch erklärte, er liebe insgeheim eine entfernte Kusine mütterlicherseits und schäme sich dessen jetzt, so daß er sterben wolle, aber er fürchte sich vor dem himmlischen Urteil. Er wußte, daß das nicht stimmte; seine Mutter hatte keine Verwandten gehabt, und Fitzgerald fürchtete sich vor nichts unter der Sonne.

Nach zwei Wochen zunehmenden Schreckens lief er herum wie eine Leiche, bewegte sich instinktiv und gab sich erschöpft alle Mühe, die Unfälle zu vermeiden, die ihm an den Fersen zu kleben schienen. Zu dieser Zeit erhielt er den Auftrag, den Hagar-Kult zu überprüfen. Die Unterlagen verrieten, daß er im Rathaus eingetragen war, aber Unterlagen verraten nicht alles.

Er ging während eines Gottesdienstes hin und stellte dumpf fest, daß die Mitglieder äußerlich wohlhabender wirkten als seinerzeit, und daß mehr Frauen anwesend waren. Joseph Kazam vollführte genau dasselbe Ritual wie beim erstenmal.

Als der letzte Geldschein in die Schale geflattert war, als die letzte Witwe den Saal verlassen hatte, kam Kazam heraus und begrüßte den Beamten.

»Fitzgerald«, sagte er, »Sie gottverdammter Narr, warum sind Sie nicht gleich zu mir gekommen?«

»Wozu?« fragte der Beamte und lockerte die Pfropfen in den Ohren.

Der dürre, braune Mann lachte in sich hinein.

»Ihr Freund Rooney hat sich an Ihnen zu schaffen gemacht. Sie hören so allerlei. Sie können nicht schlafen, und wenn Sie es tun –«

»Das ist genug«, sagte Fitzgerald. »Können Sie mir aus dieser Patsche helfen?«

»Nichts dabei. Gar nichts. Kommen Sie mit ins Büro.«

Der Beamte folgte ihm dumpf und fragte sich, ob das Feldbett entfernt worden war.

Das Ritual, das Kazam vollführte, war äußerst schlicht, aber ein wenig widerlich. Fitzgerald entschuldigte das Unappetitliche daran, als ihm plötzlich klar wurde, daß er sein Blut nicht mehr in den Adern brausen hörte, daß das asthmatische Keuchen des Hausmeisters im Souterrain wieder Privatsache des Hausmeisters war.

»Wie fühlt sich das an?« fragte Kazam besorgt.

»Großartig«, sagte der Beamte und warf seine Ohrpfropfen weg. »Zu herrlich für Worte.«

»Tut mir leid, was ich da tun mußte«, sagte der andere, »aber das diente vor allem dazu, Ihre Aufmerksamkeit an sich zu binden. Die eigentliche Heilung war mentale Projektion.« Er winkte ab. »Sehen Sie sich das an.«

»Mein Gott!« ächzte der Beamte. »Ist das echt?«

Joseph Kazam hielt ihm einen riesigen Diamanten hin, mit tausend glitzernden Facetten, die das Licht seiner Schreibtischlampe zu einem leuchtenden Farbenspiel zerstreuten.

»Das ist der Charity-Diamant«, sagte der dürre, braune Mann.«

»Sie meinen, Sie haben ihn von –«

»Genau von der«, sagte Kazam hastig. »Und freiwillig. Ich habe eine Quittung. ›Gegen den Betrag von einem Dollar für den Charity-Diamanten. Gezeichnet, Mrs. –‹«

»Ja«, sagte Fitzgerald. »Glückliche Zeiten für die Söhne Hagars. War es das, worauf Sie gewartet haben?«

»Das ist, wonach ich seit Jahren auf der ganzen Welt hinterherhetze«, sagte Kazam und drehte den Stein in den Händen. »Und ich konnte ihn nur bekommen, indem ich eine Sekte gründete. Zum Glück ist es legal.«

»Was werden Sie jetzt tun?« fragte Fitzgerald.

»Den Diamanten zu einer kleinen Reise verwenden. Sie werden mitkommen wollen, glaube ich. Sie bekommen Gelegenheit, Ihren Mr. Rooney zu treffen.«

»Dann los«, sagte der Beamte. »Nach den vergangenen zwei Wochen kann ich alles ertragen.«

»Nun gut.« Kazam knipste die Lampe aus.

»Er leuchtet«, flüsterte Fitzgerald. Er meinte den Diamanten, über dessen Oberfläche ein unheimliches blaues Licht huschte, wie die unsichtbare Flamme von Anthrazit.

»Ich möchte, daß Sie für den Erfolg beten, Mr. Fitzgerald«, sagte Kazam. Der Kriminalbeamte ging stumm seinen kleinen Vorrat an Gebeten durch. Er merkte kaum, daß der andere Mann vor sich hinmurmelte und mit langen, schmalen Fingern über den Diamanten strich.

Das Leuchten wurde stärker, aber im Zimmer konnte man seltsamerweise trotzdem nichts erkennen.

Dann schrie Kazam gellend auf. Fitzgerald zuckte zusammen und schloß die Augen. Als er sie wieder öffnete, begann er ernsthaft zu fluchen.

»Sie elender Halunke!« schrie er. »Mich hierherzubringen –«

Der Perser sah ihn kalt an und fauchte: »Langsam, Mann! Das ist echt – sehen Sie sich um!«

Der Beamte schaute sich um und sah, daß der Steinturm weit entfernt war, viel weiter als in den Träumen. Er bückte sich, hob eine Handvoll von dem feinen Sand auf und ließ ihn durch die Finger rieseln.

»Wie haben Sie uns hergebracht?« fragte er heiser.

»So, wie ich Sie von Runi Sarifs Fluch geheilt habe. Der Diamant hat seltene Kräfte, die Aufmerksamkeit auf sich zu konzentrieren. Fragen Sie irgendeinen Juwelendieb. Das, zusammen mit meinen Kenntnissen eines bestimmten Zweiges der Psychologie, genügte, um die Wände, die uns in der Neunundfünfzigsten Straße festhielten, zu zerbrechen.«

Fitzgerald begann hemmungslos zu lachen.

»Ich komme als Gehetzter zu Ihnen, Sie heilen mich, und dann stürzen Sie mich doppelt so tief in die Hölle, Kazam! Was soll das?«

»Das ist nicht die Hölle«, erwiderte der Perser sachlich. »Es ist nicht die Hölle, aber auch nicht der Himmel! Setzen Sie sich und lassen Sie mich das erklären.« Kazam warf einen besorgten Blick zum Horizont, bevor er anfing. »Ich bin in Persien geboren«, sagte er, »bin aber nach Herkunft, Religion oder Kultur kein Perser. Mein Leben begann in einem kleinen Bergdorf, wo ich bald sah, daß ich nicht behandelt wurde wie die anderen Kinder. Mein geringster Wunsch war den Ältesten im Dorf Befehl.

Die Gründe dafür wurden mir an meinem dreizehnten Geburtstag von einem alten Mann erklärt – einem uralten Mann, dessen Bart bis zu den Knien reichte. Er sagte, er habe nur einen kleinen Teil des Blutes von Kaidar in sich, aber ich sei fast voll davon, es sei wenig menschliches Blut in mir.

Ich weinte und schrie und sagte, ich wolle nicht Kaidar sein, sondern ein ganz normaler Mensch. Ich lief nach einem weiteren Jahr davon, bevor man mir die verzerrten, ritualistischen Versionen okkulter Prinzipien beibringen konnte. Diese Flucht rettete mich vor dem üblichen Schicksal des Kaidar; wäre ich geblieben, hätte ich ein gefeierter Wundermann werden müssen, im Umkreis von zweihundert Meilen bekannt, der die Kranken heilt und die Gesunden verflucht. Mein höchstes Erstreben wäre gewesen, eine neue islamitische Fraktion zu gründen – die dreihundertzweiundachtzigste, wenn ich mich nicht täusche.

Stattdessen trieb ich mich auf der ganzen Welt herum. Und

mir wurde übel mitgespielt. Trampdampfer, Dockarbeiterstreik in Frisco, das Bela-Kun-Regime in Ungarn – ich landete mit ungefähr dreißig Jahren in Nordafrika.

Ich war völlig bankrott. Eine Schottin kümmerte sich um mich, warb mich an, brachte mir Mathematik bei. Ich stürzte mich hinein, Algebra, Kegelschnitte, Analytik, Integral, Relativität. Drei Jahre vor dem der Welt bekannten Erfinder hatte ich die Wellenmechanik erarbeitet.

Als ich ihr die Differentialgleichungen für das Kohlenstoffmolekül zeigte, hieß sie mich ein unnatürliches Ungeheuer und warf mich hinaus. Sie hatte mir aber Ansätze zur geistigen Disziplin beigebracht, und das tausendmal besser, als es in dem persischen Dorf möglich gewesen wäre. Ich begann zu erkennen, was ich war.

Dann kam ich ins Geschäft mit den Sekten. Ich kam dahinter, daß man nur abstrakte Qualitäten braucht, wie All-Wissenheit, Wille-Geist-Trieb, Planetarität und dergleichen. Damit kann ich mir fast überall mein Brot verdienen.

Ich traf Runi Sarif, der eine ältere Sekte betrieb, die Paneuropäische Astral-Konföderation der Heilenden. Er war ein Hindu von den Pandschab-Ebenen im Norden Indiens. Was für ein Geist! Er formte mich drei Monate lang in seinem Sinne, bevor ich begriff, was vorging.

Dann kam ein kleines Gespräch mit ihm. Er begann mit dem komplizierten Gruß der Astral-Konföderation und kam zur Sache. ›Bruder Kazam‹, sagte er, ›ich möchte dir ein altes heiliges Buch zeigen, das ich eben entdeckt habe.‹ Ich lachte natürlich. Inzwischen hatte ich selbst sieben alte Bücher entdeckt, alle schon in die Sprache des Landes übertragen, wo ich arbeiten wollte. Das ›Isba Kaschlunk‹ war das erfolgreichste; ich fand es im Fell eines Mammuts erhalten, in einem siberischen Gletscher.

Runi machte ein saures Gesicht. ›Bruder Kazam‹, sagte er, ›spotte nicht. Sagt dir das Wort Kaidar etwas?‹ Ich spielte den Dummen und fragte, ob das etwas aus dem dritten Kapitel der

Verlorenen Sage von Atlantis sei, erinnerte mich aber ganz schwach, daß ich so einmal genannt worden war.

›Ein Kaidar‹, sagte Runi, ›ist ein Atavismus eines älteren, stärkeren Volkes, das einmal diese Ebene besucht und seinen Samen hinterlassen hat. Man kann sie –‹ er starrte mich scharf an – ›man kann sie durch eine natürliche Begabung für okkulte Beschäftigungen erkennen. Sie tragen in ihren Gehirnen Wissen, das ein Sterblicher vergeblich erträumt. Wenn wir, Bruder Kazam, nur einen Kaidar finden könnten –‹

›Reg dich nicht auf‹, sagte ich. ›Was würde uns das nützen?‹

Stumm zog er heraus, was wahrhaftig ein altes heiliges Buch war. Es sollte mich nicht wundern, wenn er es auch tatsächlich eben entdeckt hatte. Es war der Psalter einer kleinen, uralten Sekte der Edomiter, die über den Euphrat ausgewandert und ausgestorben waren. Als ich das Fels-Hebräisch entziffert hatte, war ich sehr beeindruckt. Sie hatten großartige religiöse Dichtungen, eine Vielzahl von Exorzismen und Bannsprüchen und genügend langweilige Genealogie in Versen. Und sie hatten ein didaktisches Gedicht über den Kaidar, gestützt auf einen, der in ihrem Stamm aufgetaucht war.

Sie hatten ihn entsetzlich behandelt – an eine Höhlenfelswand geschmiedet und als eine Art männlicher Sibylle verwendet. Sie kamen dahinter, daß er am besten prophezeien konnte, wenn man ihm einen Diamanten zeigte. Eines Tages ließen sie ihn den Stein berühren. Peng! Er verschwand und nahm zwei von den Rabbis mit sich. Die beiden kamen später zurück, am hellen Tag, und faselten von den Wundern des Paradieses, das sie gesehen hätten.

Ich vergaß die ganze Geschichte wieder. Damals war ich von dem Gedanken besessen, der Rockefeller des Okkultismus zu werden – Jünger anwerben, sie ausbilden, meine Sekte ausdehnen. Wenn Mohammed das konnte, warum ich nicht? Bis zu diesem Tag weiß ich die Antwort nicht.

Während ich mich mit grandiosen Tagträumen beschäftigte,

erforschte Runi geschäftig mein Gehirn, bis er sich alles zurechtgelegt hatte. Dann stahl er einen Diamanten, wo, weiß ich nicht, und verschwand. Man kann annehmen, daß er das Paradies besitzen wollte, von dem die Rabbis gesprochen haben. Seitdem versucht er, mich zu vernichten, schickt Botschaften aus, beherrscht andere Gehirne auf der irdischen Ebene. Er erreichte Sie, Fitzgerald, durch einen Brief, den jemand anderer für mich schrieb und zur Post gab, damit er, als Sie ihn hatten, direkt auf Sie losgehen konnte.

Sie versagten ihm den Dienst, und er versuchte Sie umzubringen. Jeder gewöhnliche Mensch wäre an diesen Dingen zugrunde gegangen; wir hatten großes Glück, daß Ihre seelische Struktur außergewöhnlich robust ist.

Seitdem fliehe ich vor Runi Sarif und versuche einen so großen Diamanten zu finden, daß ich durch alle Hindernisse, die er aufgebaut hat, hierherkommen kann. Sie haben mir sehr geholfen.« Wieder warf Kazam einen besorgten Blick zum Horizont.

Der Kriminalbeamte schaute sich langsam um.

»Ist das ein Paradies?« fragte er. »Wenn ja, dann haben mich meine Religionslehrer schön in die Irre geführt.« Er versuchte zu lächeln.

»Das ist eines von den Dingen, die ich nicht verstehe – noch nicht«, sagte der Perser. »Und hier kommt eben etwas Unangenehmes.«

Fitzgerald blickte entsetzt auf die kleinen Nebelwirbel, die vom Sand aufstiegen. Er hatte wieder das gräßliche Traumgefühl.

»Nicht versuchen, davor zu fliehen«, knurrte Kazam. »Gehen Sie auf die Dinger zu.« Er schritt entschlossen auf einen der Wirbel zu, der vor ihm zurückwich. Sie waren aus dem Kreis getreten.

»Das ging ganz leicht«, sagte der Beamte schwach.

Plötzlich ragte vor ihnen der Steinturm auf. Die geflügelten Schädel waren nirgends zu sehen.

Dann waren sie, Fitzgerald wußte nicht, wie, im Innern des Turms, in dem großen runden Raum an der Spitze. Die geflügelten Schädel hockten auf dünnen Beinen auf einem goldenen Geländer. Abgesehen vom Schwarz ihrer Schwingen war in dem Raum alles blutrot und gold. Es roch nach Fäulnis.

Purpurrote Flecken zeigten sich auf den Gobelins, Flecken wie im verfaulenden Fleisch. Auf die Gobelins konnte der Beamte nach dem ersten Blick nicht mehr hinsehen. Das Wesen, das er erblickt hatte, über einer Horde von Männern und Frauen, Flammen speiend, eine nackte Gestalt noch zwischen den Zähnen, mit gigantischen, schleimigen Pranken, war nicht schön anzusehen.

Fackeln an den Wänden verbreiteten Licht von orangeroter Farbe. Dünner, aufsteigender Rauch zog durch den Raum.

Und endlich war eine Art Diwan mit ungeheuren Kissenbergen zu sehen. Auf ihnen lag die groteskeste, gräßlichste Gestalt, der Fitzgerald je begegnet war. Es war ein Mann, ehemals einer gewesen. Aber unvorstellbare Freßsucht hatte ihn zu vierhundert Pfund Fett aufgebläht. Fettwülste drangen über den Kummerbund, hingen von den Wangen, so daß man die Ohren unter dem Turban nicht sehen konnte.

»Ah«, zischte Joseph Kazam. »Runi Sarif . . .« Er zog ein kleines Schwert oder großes Messer aus dem Hemd, von dessen dreikantiger Schneide das rötliche Licht widergespiegelt wurde.

Das fette Monstrum bibberte, als kröchen Maden unter dem Fett dahin. Mit einer unbeschreiblichen Stimme sagte Runi Sarif: »Geht – geht zurück. Geht zurück – woher ihr gekommen seid –«

Das Ganze hatte keinen Anfang und kein Ende. Es kam zwischen kurzen, keuchenden Atemstößen heraus.

Kazam ging auf ihn zu und ließ den Finger an der Schneide entlanggleiten. Das Ungeheuer auf dem Diwan hob eine Hand, die aussah wie ein Bündel Würste. Die Nägel lagen einen guten Zentimeter unter den Hautwülsten. Danach begriff Fitzgerald, daß das eigentlich das Abscheulichste gewesen war.

Mit knarrenden, flatternden Flügelschlägen stürzten die Schädel sich auf den Perser, mit knackenden Kiefern. Kazam und der Kriminalbeamte waren inmitten einer Wolke fliegender Kiefer, die nach ihren Kehlen schnappten.

Fitzgerald hieb wie unsinnig nach ihnen, die Augen geschlossen. Als er hinsah, lagen sie am Boden. Er sah erstaunt, daß es nur vier waren. Er hätte schwören können, es seien mindestens ein Dutzend gewesen. Und sie zeigten alle vier Wunden von Kazams Messer.

Das Monstrum auf dem Diwan gab einen leisen, erstickten Laut von sich. Kazam trat auf die erste der drei Stufen davor.

Was nun folgte, konnte Fitzgerald nie auseinanderhalten. Das Licht erlosch, und doch konnte er deutlich sehen. Er sah, daß der monströse Runi Sarif sich in ein Wesen wie auf dem Gobelin verwandelt hatte, und Kazam auch, nur trug der Perser in einer Pranke ein Messer.

Sie befanden sich, wie es schien, nicht mehr im Turm, noch auf der weißen Wüste darunter. Sie schwebten in tobendem, heulenden Tumult, in einer Wirrnis von Sphären, die sanft aneinanderstießen und lautlos abprallten.

Das Runi-Ungeheuer verwandelte sich in eine der Sphären, und Kazam ebenfalls. Bei Kazam war das Abbild des Messers zu erkennen. Fitzgerald fetzte durch das Gewirr und die Schwärze, folgte ihnen, und wußte nicht, wie.

Die Kazam-Sphäre erfaßte die andere und rotierte wild mit ihr, mit einem kreischenden Heulen, das immer lauter und schriller wurde. Als es über die Hörgrenze stieg, weiteten sich die Sphären zu schwarzen, kriechenden Wolken. Inmitten der einen hing das Messer.

Die andere Wolke zog sich zu einem wilden, engen Klumpen zusammen und fiel die andere mit dem Messer an. Sie raste hinein und spießte sich auf.

Fitzgerald schüttelte schwindlig den Kopf. Sie waren im Turmzimmer, und Runi Sarif lag mit durchschnittener Kehle auf dem Diwan. Der Perser hatte das Messer fallen lassen und starrte mit grimmiger Befriedigung auf die blutende Gestalt.

»Wo waren wir?« stammelte Fitzgerald. »Wo –?« Als er Kazams Augen sah, verstummte er und fragte nicht noch einmal.

»Er hat meine Rechte gestohlen«, sagte der Perser. »Es paßt gut, daß ich sie so wiedergewinne. Auf der einen Ebene – es ist kein Platz für zwei.« Er schlug dem Beamten auf die Schulter. »Ich schicke dich jetzt zurück. Von diesem Augenblick an bin ich eine Karte in eurem Vermißtendezernat. Erzähl, was du willst – man wird es nicht glauben.«

»Es sollte doch ein Paradies sein«, sagte Fitzgerald.

»Das ist es auch«, erwiderte Kazam. »Schau.«

Sie waren nicht mehr im Turm, sondern an einem moosigen Ufer über einem Fluß, der in wechselnden Pastellfarben dahinströmte. Er ließ erklingen, was wie eine Mozart-Sonate klang, und der Duft war unbeschreiblich schön.

Der Beamte betrachtete eine der Blumen am Ufer. Sie schwankte hin und her und sprach mit leiser Stimme wie ein Kind.

»Sie sind nicht klug, aber sehr schön«, sagte Kazam.

Fitzgerald sog heftig den Atem ein, als ein Schwarm Falter vorbeiflog.

»Schicken Sie mich fort«, flehte er. »Schicken Sie mich gleich fort, sonst kann ich nie mehr gehen. Ich würde Sie töten, um noch eine Minute hierbleiben zu können.«

Kazam lachte.

»Torheit«, sagte er. »So, wie die triste Welt von Sand und dem Turm die seine war, so ist dieses Paradies die meine. Ich *bin* das Paradies. Meine Gebeine sind sein Gestein, mein Fleisch ist seine Erde, mein Blut seine Gewässer, mein Verstand seine Lebewesen.«

Als ein unfaßbar leuchtender Schwarm von kristallenen, klingenden Wesen durch das flüsternde Gras des Ufers huschte, winkte Kazam zum Abschied.

Fitzgerald spürte, wie er mit unglaublicher Geschwindigkeit zurückblieb, und einen kurzen Augenblick lang sah er das ganze Panorama der Welt, die Kazam war. Drei Sonnen stiegen an drei Punkten des Horizonts auf, und ihre schrägen Strahlen beleuchteten ein Paradies, dessen einziger unschöner Fleck ein dürrer, brauner Mann an einem Flußufer war. Dann verschwand der Mann, wie vom Boden aufgesaugt.

Was die Tragödie herbeiführte

DOKUMENT EINS

Erster Entwurf eines Vortrags vor der Historischen Gesellschaft von Tuscarora, zu halten von Mr. Hardeign Spoynte, B. A.

Frau Präsidentin, meine Damen und Herren, liebe Gäste: Ich stehe mit unverhohlenem Stolz heute abend vor Ihnen. Sie werden sich aus der Lektüre der Zeitschrift unserer Gesellschaft, Band XLII, Nr. 3, Herbst 1955, S. 7–8, erinnern, daß ich es unternommen hatte, die Ursprünge jenes Ereignisses zu erforschen, das für die Entwicklung unserer Stadt solche Bedeutung erlangte, nämlich das Watling-Fraskell-Duell. Ich habe versprochen, daß die Ursache des tödlichen Streitfalls sozusagen vom Scheinwerfer der Wissenschaft erhellt werden würde. Ich bin hier, um dieses Versprechen einzulösen.

Major Watling hat tatsächlich die Unwahrheit gesagt. Oberst Fraskell hat ihn tatsächlich zur Ordnung gerufen. Vielleicht kann man von heute an erwarten, daß die Kluft zwischen Watlingisten und Fraskelliten geschlossen wird, wenn die ersteren ihren Irrtum eingestehen und die letzteren im Sieg großmütig sind.

Mein Bericht wirft ein günstiges Licht auf einen bescheidenen Bürger des historischen alten Bezirks Northumberland, der, zu meinem Bedauern, offenkundig einen wohlverdienten Urlaub angetreten hat. Wer er ist, werden Sie zur rechten Zeit erfahren.

Ich beginne mit einem Überblick über die bekannten Tatsachen hinsichtlich des Watling-Fraskell-Duells, und wie wir alle wissen, gibt es dafür keinen besseren Beginn als das monumentale Werk unseres verstorbenen gelehrten Historikers Dr. Donge. Donge stellt in seinem Buch ›Die alte Zeit am Oquanantic‹, zweite Ausgabe 1873, Seiten 771–2, fest: ›Nicht weniger zu bedauern als die Umleitung des West-Brance-Kanals um Eleusis war das Duell, bei dem Major Elias Watling und Oberst Hiram Fraskell elend zugrunde gingen, jene beiden verehrungswürdigen Pioniere des Oquanantic-Tales. Wenngleich kein Vergleich mit den barbarischen Blutfehden der Südlichen Staaten unserer Union gerechtfertigt ist, blieb bis zum heutigen Tag eine gewisse Trennung zwischen Bürgern der Stadt Tuscarora und vor allem dem Stadtteil Eleusis. Sehen wir nicht die von Ulmen beschattete Northumberland Street geschmückt von zwei Bankgebäuden, eines die Festung der Fraskelliten, das andere der Watlingisten? Wird nicht die Debattiergesellschaft von Eleusis jedes Jahr gespalten von dem Antrag: ›Zu beschließen, daß Major Elias Watling – abwechselnd im nächsten Jahr mit Oberst Hiram Fraskell – kein Gentleman war?‹ Und haben nicht diese Dinge im September 1869 bei einer Frauenversammlung dazu geführt, daß man sich gegenseitig mit Teetassen und Kuchenstücken bewarf?

Wenn ich versuchen darf, diesen klingenden Sätzen mit meinem stockenden Stil zu folgen, so wissen natürlich alle, daß die Kontroverse sich bis heute kaum gemäßigt hat. Die Eleusis-Akademie, die berühmte Alma mater des unsterblichen Hovington, existiert nicht mehr. Sie zerfiel in der tragischen Nacht vom 17. August 1901 in Flammen, während die Angehörigen des watlingistischen Feuerwehrtrupps in der Northumberland Street gegen die Mitglieder des Fraskelliten-Trupps von der Oquanantic Street um den Besitz des Feuerhydranten kämpften, mit dem das ehrwürdige Gebäude hätte gerettet werden können. Trotzdem trägt die Jugend von Eleusis den Streit auf moderne Weise weiter aus, so daß es jedes Jahr zur Football-Zeit zwischen den ›Obersten‹ der Central-Oberschule und den ›Majoren‹ der North Side-Schule zu manchmal blutigen Zusammenstößen kommt. Privat wurde mir mitgeteilt, daß im vergangenen November zerbrochene Fensterscheiben im Wert von 231,47 Dollar ersetzt werden mußten, und daß die beiden Krankenschwestern in den erwähnten Schulen schon Verbandmaterial und Medikamente sammeln. Die Erwachsenen von Eleusis setzen die Streitigkeiten ebenso entschlossen durch die Wahl von Kaufleuten, die Einräumung von Krediten und gesellschaftliche Ausschlüsse fort.

Die Notwendigkeit, das Richtige und Falsche in der Affäre Fraskell-Watling zu klären, ist daher auch heute unabweisbar.

Dr. Donge hat durch enorme Arbeit bewiesen, daß es um die Wahrhaftigkeit ging. Oberst Fraskell erklärte Joseph Cooper gegenüber, Major Watling habe der Wahrheit nicht unbedingt die Ehre gegeben.

Was für eine fatale Indiskretion! Cooper zögerte nämlich nicht, das Major Watling brieflich mitzuteilen. Es begann der kurze, tödlich enden sollende Briefwechsel zwischen dem Major und dem Oberst. Die meisten von uns kennen ihn wohl auswendig.

Der erste Brief bietet bereits einen verlockenden Einblick. Watling schreibt an Fraskell *inter alia*: ›Ich habe bei der Versammlung gesagt, ich hätte es am Abend vor dem Melken bei meinem Pferdestall gesehen, und ich hab's gesehen, sind Sie Atheist? Man ist sich seit langem darüber einig, daß die meisterhafte Auslegung von Miss Stolp in ihrem epochemachenden Essay die einzig richtige ist: ›Ich habe bei der Versammlung (der Gesellschaft von Cinncinncati) gesagt, ich hätte es am Abend vor (der Versammlung) dem Melken bei meinem Pferdestall gesehen, und (ich behaupte trotz Ihrer Ungläubigkeit) daß ich es gesehen habe, etc . . .‹

Es scheint also gleich zu Beginn des Schriftwechsels eine klare Frage gegeben zu haben: Hat Major Watling ›es‹ gesehen oder nicht? Der Hinweis auf Atheismus deutet darauf hin, daß ›es‹ eine Erscheinung gewesen sein könnte, die der Major als übersinnlich betrachtete, aber wir wissen darüber überhaupt nichts Näheres.

Die Briefpartner verloren das ›Thema‹ aber leider sofort aus den Augen. Der legendäre Watling-Jähzorn und der enorme Fraskell-Stolz machten zur Gewißheit, daß einer früher oder später die Ehrenhaftigkeit des anderen in Frage stellen würde.

Beide taten es gleichzeitig, am 20. August, in Briefen, die sich kreuzten. In der damaligen Zeit gab es dann kein Zurück mehr. Der Umstand, daß beide Betroffenen gleichzeitig Beleidigter und Beleidiger waren, verwirrte ihre Sekundanten, und die Frage der Waffen mußte schließlich einer dritten, den Duellanten genehmen Person überlassen werden, Richter Mosh.

Ach, daß er die tödliche Pennsylvania-Flinte bestimmte! Ach, daß die beiden alten Soldaten die Waffe so gut kannten wie der Schnitter seine Sichel! Am Morgen des 1. September 1789, sechs Uhr, starben der Major und der Oberst auf der Wiese hinter Brashear's Creek, beide durch das Herz geschossen. Die langanhaltende Spaltung unserer Stadt in Fraskelliten und Watlingisten hatte bgonnen.

Nach dieser Vorrede komme ich zum modernen Teil meines Berichts. Er beginnt 1954, mit dem Erwerb des Haddam-Besitzes durch Dr. Gaspar Mord. Ich bedaure sehr, daß Dr. Mord offenbar auf einem ausgedehnten Urlaub ist; da er nicht hier ist und seine Erlaubnis nicht geben kann, muß ich gewisse Dinge umgehen.

Mir ist völlig klar, daß es in unserer Stadt eine Richtung gegeben hat, die Dr. Mord einst herabsetzte, seinen Titel in Frage stellte, argwöhnisch in Angelegenheiten herumbohrte, die nur ihn angehen, wie seine Einkommensquelle. Diese Richtung besudelte beinahe den ehrlichen Namen von Eleusis, als eine erregte Delegation Dr. Mord vorwarf, er sei 1929 wegen ›Vivisektion aus Peoria vertrieben worden‹.

Dr. Mord brauste nicht auf, sondern verhielt sich als Wissenschaftler. Er führte die Delegation durch sein Labor, um zu beweisen, daß seine Arbeit unanfechtbar war, und die Delegation entfernte sich befriedigt. Besonders begeistert war man von zwei ›Phasen‹ seiner Arbeit, die er vorführte; einer Art ›Wach-Anästhesie-Gas‹ und einem Gerät für die Erzielung der Hypnose.

Ich selbst suchte Dr. Mord auf, sobald er sich niedergelassen hatte, und zwar in meiner Eigenschaft als Vorsitzender des Komitees zur Erhaltung von historischen Gebäuden, um ihn zu bitten, das Haddam-Haus in seinem Zustand nicht zu verändern.

Dr. Mord erkundigte sich nebenbei nach meinen Angehörigen. Am Schluß fragte er: ›Mr. Spoynte, was halten Sie für Ihren größten Beitrag zum menschlichen Wissen und Wohl, und glauben Sie, daß Sie ihn je übertreffen können?‹

Ich erwiderte, mein ›Gipfelpunkt‹ sei wohl meine Entdeckung der Dienstvorschrift der Wyalusing-Miliz von 1777 im Keller der Spodder-Bibliothek, wo sie seit 38 Jahren verloren gewesen war. Im übrigen, so meinte ich, sei es nur wenigen Menschen gegeben, eine solche Leistung in ihrem Leben zu wiederholen.

So trennten wir uns. Als ich heimging, fiel mir ein, daß es nicht gelungen war, von dem Doktor eine Antwort zu erlangen. Er erschien mir jedoch als zutiefst ›konservative‹ Person, und ich fürchtete wenig von Hammer und Säge des rücksichtslosen Umbauers.

Der Eindruck verstärkte sich im folgenden Monat, denn Dr. Mord lud mich für jeden Donnerstag abend zum Kaffee ein.

Diese Gespräche befaßten sich mit allen möglichen Themen. Einmal vertrat Dr. Mord die Theorie, es gehöre mit zu den schwierigsten Dingen, einen völlig nutzlosen Menschen zu finden. Die bösen Menschen seien im Gefängnis oder versteckten sich, meinte er, und wenn man die anderen näher betrachtete, ergebe sich stets, daß sie eine versöhnende Eigenschaft oder einen Nutzen für irgend jemand besäßen. ›Fast immer‹, verbesserte er lachend. Bei anderen Gelegenheiten befragte er mich gründlich nach meinem Leben und Tun und murmelte ab und zu: ›Ich muß Gewißheit haben; ich muß Gewißheit haben‹ – typisch für das Präzisionsbedürfnis des Wissenschaftlers. Dann sprach er wieder vom glorreichen Zeitalter des Perikles und sagte: ›Spoynte, ich würde alles, einfach alles dafür geben, das alte Athen in seiner Blütezeit sehen zu können!‹

Ich behaupte nun nicht, daß ein Genius meine Antwort diktierte. Ich war lediglich ›der richtige Mann am richtigen Ort‹.

Ich erwiderte: ›Doktor Mord, Ihr Wunsch, das alte Athen zu besuchen, könnte nicht sehnlicher sein als der meine, Major Watlings Pferdestall am Abend des 17. Juli 1789 zur Melkzeit zu sehen.‹

Ich muß an dieser Stelle einen undurchdringlichen Schleier der Geheimhaltung über gewisse Episoden legen, aus Gründen, die ich schon erläutert habe.

Ich bin jedoch in der Lage, mit absoluter Sicherheit festzustellen, daß es keine Erscheinung vor Major Watlings Pferdestall zur Melkzeit am Abend des –

Handschriftlicher Zusatz auf dem Manuskript: ›Langsam, Hardeigne. Denk nach. Denk nach. Major W. drehte sich um. Ich schaute mich um. Keine Erscheinungen, keine Kobolde, Spukgestalten. Nur Major W. und ich. Er sah mich an und machte ein seltsames Gesicht. Nein. Neineinein. Das kann nicht sein. O Gott! *Ich* war die – Allein meine Schuld. Duell, Fehde. Verräter des geschätzten Eleusis. Bin krank – HS‹

DOKUMENT ZWEI

Ein Brief, der Miss Agnes Stolp, der Vorsitzenden der Historischen Gesellschaft von Tuscarora, von Mrs. McGuiness überbracht wurde.

The Elms, Mittwoch

Liebe Mrs. Stolp,
bitte verzeihen Sie, daß ich zum letzten Treffen der Gesellschaft nicht erschienen bin und meinen Vortrag nicht halten konnte. Ich schrieb die letzten Worte, als – ich kann Ihnen nicht mehr schreiben. Der junge Dr. Scantt weilt ständig an meinem Krankenbett, und seit 48 Stunden ist meine Temperatur nicht unter 38 Grad gefallen. Ich war und bin ein kranker und leidender Mensch. Ich hoffe, daß Sie und meine Mitbürger in Eleusis daran denken, wenn Ihnen bestimmte Dinge bekannt werden sollten.

Ich kann nicht schließen ohne eine Warnung vor diesem Schurken ›Dr.‹ Gaspar Mord. Ein Versprechen hindert mich, ins Detail zu gehen, aber ich fordere Sie dringend auf, ihn, sollte er es wagen, sich in Eleusis noch einmal sehen zu lassen, aus der Stadt zu verjagen, so wie er 1929 aus Peoria verjagt wurde. *Verbum sapientibus satis.*

Hardeign Spoynte

Das ist Joe!

Joe hatte am Donnerstag einen tollen Tag, und ich mußte, wie üblich, mitlaufen. Wenn ich einen rechten Arm herzugeben hätte, würde ich ihn dafür geben, ab und zu einen freien Tag zu haben. Wie am Donnerstag. Am Donnerstag übertraf er sich wirklich selber.

Er erwachte im Hotelzimmer und ging unter die Dusche. Er wollte sich nicht rasieren, bis ich ihm sagte, er sehe aus wie ein Landstreicher. Er rasierte sich, und dann bewunderte er eine ganze Minute lang seine Schönheit im Spiegel, weil er vergessen hatte, von wem der Vorschlag eigentlich gekommen war.

Hinunter also ins Café zum Frühstück. Ein schwer arbeitender Mensch braucht ein tüchtiges Frühstück. Für einen strapaziösen Tag von Notierungen in der Bibliothek brauchte er demnach Tomatensaft, zwei Spiegeleier, drei Würste, einen gezukkerten Krapfen und Kaffee – mit Sahne und Zucker.

Er hätte das nicht von seinem Wanst heruntergebracht, wenn er eine Woche lang in der Julisonne Gräben ausgehoben hätte, aber ein schwer arbeitender Mann braucht ein tüchtiges Frühstück. Ich war angewidert, daß ich nicht einmal mehr mit ihm stritt. Er ist ein hoffnungsloser Fall, wenn er den Geruch von brutzelndem Fett und Kaffee in die Nase bekommt.

Er wollte mit dem Taxi zur Bibliothek fahren – acht Häuserblocks!

»Lauf, du Pinsel!« sagte ich. Er murmelte etwas von sechshundert Dollar für die eine Woche Arbeit, und dann muß er gedacht haben, ich würde das kalorienreiche Frühstück aufs Tapet bringen. Für ihn ist so etwas ein Tiefschlag. Er meint, er sei ein unglücklicher Mensch, geschlagen mit einem Leiden – im Umfang von etwa zwanzig Pfund. Er ging zu Fuß und kam strahlend vor Tugendhaftigkeit zur Bibliothek.

Als er den Zettel im Zeitschriftensaal ausfüllte, schrieb er bei ›Firma‹ einfach hin: ›The Griffin Press‹ – obwohl er so gut wußte wie ich, daß er freier Mitarbeiter war und von Griffin noch nicht einmal einen festen Auftrag hatte.

Auf dem Zettel gibt es eine Zeile, wo man hinschreibt ›Grund für Benützung des Archivs – bitte ausführlich‹. Es ist eine Schande, Joe auf eine Zeile zu beschränken, wenn man ihm eine solche Frage stellt. Er quetschte hinein: ›Vorbereitung eines Artikels über das Jahr in der Biochemie für Griffin Pr. Enzykl. Jahrbuch 74‹ und reichte den Zettel mit einer großen Geste an den Bibliothekar weiter.

Der Bibliothekar, ein freundlicher, alter Herr, war höflich zu ihm, was bei Joe meist ein Fehler ist. Nachdem er dem Bibliothekar erläutert hatte, wie sein Mikrofilmarchiv geordnet sein müßte, und daß sie von Mikrofilm zu Mikrokarten übergehen sollten, und daß trotz allem die Stadtbibliothek von New York keine üble Forschungsstätte sei, machte er sich an die Arbeit.

Wenn er arbeitet, ist er ziemlich harmlos – das ist einer der Gründe, die mich hindern, ihm die Kehle durchzuschneiden. Trotz einer Mittagspause bei Apfelkuchen und Kaffee notierte er etwa hundert Eintragungen auf seine Karten und schloß das Jahr in der Biochemie ordentlich ab. Er stolzierte die Treppe hinunter und kam sich vor wie Herman Melville nach Fertigstellung von ›Moby Dick‹.

»Sei nicht so eingebildet«, sagte ich. »Du mußt das Ding ja erst noch schreiben. Und sie müssen es noch kaufen.«

»Ein Detail«, sagte er großartig. »Reiner Journalismus. Das mache ich mit geschlossenen Augen.«

Reiner Journalismus. Seine drei Monate als Redaktionsbote machten ihn wohl zum Starreporter.

»Wann machst du das mit geschlossenen Augen –?« fing ich an, aber es hatte keinen Zweck. Er erzählte mir, daß Gautama Buddha erst mit 29 mit der Welt gebrochen habe, und Mohammed habe der Welt auch erst mit 30 mitgeteilt, daß er ein Prophet sei, warum könne also *er* nicht eines Tages plötzlich mit einer neuen Offenbarung oder dergleichen daherkommen und die Welt überraschen? Es lief darauf hinaus, daß er meinte, er wolle den Artikel an diesem Abend nicht schreiben.

Er schob seinen Bruch mit der Welt lange genug hinaus, um Schinken- und Käsebrote mit Kaffee in einem Automatenrestaurant zu verdrücken, dann rief er Maggie an. Sie hatte Zeit, wie üblich. Sie sagte, wie üblich: »Na, warum kommst du nicht vorbei, und wir verbringen einen geruhsamen Abend mit ein paar Platten?«

Wie üblich fand er das gut, weil er nach einem anstrengenden Tag so erschöpft war. Wie üblich sagte ich zu ihm: »Du bist ein mieser Kerl, Joe. Du weißt, daß sie nichts anderes sucht als einen Ehemann, und du weißt, daß du es nicht sein wirst. Warum läßt du sie dann nicht in Ruhe, damit sie jemand finden kann, der es ernst meint?«

Die üblichen Antworten kamen automatisch, und das war wieder mal erledigt.

Maggie mag nicht übermäßig intelligent sein, aber sie schien sich zu freuen, als sie ihn sah. Sie arbeitet an ihrem Doktor der Soziologie an der New Yorker Universität, sie arbeitet halbtags für die Stadtverwaltung, sie hat eine von diesen Dreizimmerwohnungen in Greenwich, mit gefärbtem Sackrupfen als Vorhang, Studiosofas und selbstgemachten Mobiles. Sie glaubt, Schreiben sei etwas Heiliges, und Joe achtet darauf, ihr den Glauben nicht zu nehmen.

Sie tranken etwas Rheinwein mit Mineralwasser, während Joe von der Arbeit des Tages erzählte, als habe er den Nobelpreis für Biochemie gewonnen. Er wurde direkt brutal, weil Maggie sich für eine so alberne Wissenschaft wie die Soziologie entschieden habe, und sie entschuldigte sich demütig, und er verzieh ihr schließlich. Der großherzige Joe.

Aber er war nicht so angesäuselt, daß er anfangen mußte, von einem Mann zu reden, der sich in Ruhe niederlassen wolle – ›vielleicht nicht dieses Jahr, aber nächstes. Dreißig ist ein Scheidepunkt, bei dem man einhält und sich fragt, was man wirklich will und was man im Leben wirklich für wichtig hält, Maggie, Liebling.‹ Es war so gut, als hätte er ihr gesagt, sie solle brav sein und immer ein offenes Haus für ihn bereithalten, und eines Tages dann . . . vielleicht.

Wie gesagt, Maggie ist nicht sehr schlau. Aber, wie gesagt, Donnerstag war auch der Tag, an dem Joe sich selbst übertreffen wollte.

»Joe«, sagte sie mit diesem Ausdruck im Gesicht, »ich habe eine neue LP von der Brahms-Serenade Nummer Eins. Sie liegt ganz oben auf dem Stapel. Würdest du mir sagen, was du davon hältst?«

Er legte sie auf, sie tranken Rheinwein mit Mineralwasser, er drehte die Platte um, und sie schlürften Rheinwein mit Mineralwasser, bis beide Seiten abgespielt waren. Und sie sah ihn unverwandt an. Nicht bewundernd.

»Nun«, sagte sie mit dem neuen Ausdruck, »was hältst du davon?«

Er sagte es ihr natürlich. Es wurde gesprochen von der Brahmschen Architektonik und seiner Wiedererweckung des Kontrapunkts. Weil er einen Blick auf die Plattenhülle geworfen hatte, konnte er ein paar Minuten über Brahms' Abhängigkeit von Haydn und dem jungen Beethoven im fünften Satz D-Dur, Allegro, reden, über das fröhliche Rondo des –

»Joe«, sagte sie, ohne ihn anzusehen. »Joe«, sagte sie, »ich habe die Platte ganz billig unten an der Straße bekommen. Es ist eine Falschpressung. Aus irgendeinem Grund ist die erste Seite mit der ersten Hälfte der Serenade bespielt, aber die Rückseite ist Schumanns symphonische Studie Nr. 13. Irgend jemand hat es bemerkt, als es in einer Zelle abgespielt wurde. Aber dir ist es wohl nicht aufgefallen.«

»Da winde dich mal raus, Großgenie«, sagte ich.

Er stand auf und sagte mit erstickter Stimme: »Und ich dachte, du bist meine Freundin. Ich lerne es wohl nie.« Er ging hinaus.

Er lernt es wohl nie.

Ich muß es ja wissen, weiß Gott.

Das Zeitgericht

Harry Dreiundzwanzigste Straße brach plötzlich in Gelächter aus. Sein Freund und Kumpan Farmer Brown sah ihn fragend an.

»Mir ist eben ein neuer Schwindel eingefallen«, sagte Harry Dreiundzwanzigste Straße lachend.

Farmer Brown schüttelte entschieden den Kopf.

»Das gibt es nicht, mein Lieber«, sagte er. »Es gibt nur neue Variationen von alten Schwindeleien. Was hast du – einen Ladenschwindel? Brauchst du einen Gehilfen?« Er achtete aus Prinzip darauf, nicht eifrig zu erscheinen, aber alle wußten, daß der Farmer dringend einen Einstieg brauchte. Seine Freundin hatte ihn bei einem Erpressungsversuch hereingelegt, war mit dem anderen auf und davon und hatte ihn geheiratet.

»Tut mir leid, Alter«, sagte Harry. »Keine Einzelheiten. Das ist zu gut zum Teilen. Ich werde die Leute damit manches Jahr übers Ohr hauen, bevor die Einzelheiten in der Branche bekannt werden, hoffe ich. Niemand, wirklich niemand wird nach der Polizei schreien, sobald ich ihn ausgenommen habe. Es ist einfach herrlich und ganz allein mein Eigentum. Wir sehen uns mal, Freund.«

Harry erhob sich aus der Nische und ging, wobei er auf dem Weg zur abgesperrten Tür hier einem Tresorknacker, dort einem Hochstapler zunickte. Natürlich gab er sich mit Kroppzeug wie Taschendieben und Rauschgifthändlern nicht ab. Harry hatte seinen Stolz.

Der betroffene Farmer trank seine Limonade und kam zu dem Schluß, daß Harry ihn auf den Arm genommen hatte. Er bemerkte, daß Harry auf der Bank ein Magazin liegenlassen hatte, das ein Raumschiff und ein schönes Mädchen mit grünem Bikini auf dem Titelblatt zeigte.

»Einen möblierten – Bungalow?« sagte der Mann zögernd, so, als wisse er, was er wolle, sei sich des Wortes aber nicht sicher.

»Gewiß, Mr. Clurg«, sagte Walter Lachlan. »Ich bin überzeugt davon, daß wir Ihnen dienen können. Frau und Familie?«

»Nein«, sagte Clurg. »Sie sind – weit fort.« Er schien sich über einen geheimen Gedanken zu belustigen. Und dann setzte er sich zu Walters Entsetzen in die leere Luft neben dem Schreibtisch und knallte natürlich auf den Boden, mit verblüfftem, albernem Gesicht.

Walter riß die Augen und den Mund auf und half ihm hoch, entschuldigte sich wortreich und fragte sich im stillen, was mit dem Mann los war. Auf der anderen Seite des Schreibtischs stand ein Stuhl, und an der Wand noch einer. Aber dort, wo Clurg sich hingesetzt hatte, war eben keiner.

Clurg war offensichtlich unverletzt; er wehrte Walters Entschuldigungen ab und sagte: »Das hätte ich wissen müssen, Mr. Lachlan. Schon gut, es war meine Schuld. Was ist mit dem Bang – dem Bungalow?«

Der Geschäftssinn triumphierte über Walters Verwirrung. Er zog seine Listen heraus, und sie besprachen die diversen Vorteile verschiedener möblierter Bungalows. Als Walter erwähnte, daß das Haus der Currans besonders schön sei, in einer besonders angenehmen Nachbarschaft – er wohnte selbst in der Straße – war Clurg beeindruckt.

»Das nehme ich«, sagte er. »Was macht das . . . Lehen?«

Walter hatte ein wenig Jura studiert und kannte deshalb den Ausdruck.

»Die *Miete* beträgt fünfundsiebzig Dollar«, sagte er. »Sie sprechen ein gutes Englisch, Mr. Clurg.« Er war bis zu diesem Augenblick nicht sicher gewesen, ob der Mann ein Ausländer war. »Man merkt kaum einen Akzent.«

»Danke«, sagte Clurg erfreut. »Ich habe mir sehr viel Mühe gegeben. Mal sehen – fünfundsiebzig, das sind sechs Zwölfer und drei.« Er öffnete einen seiner neuen Lederkoffer und legte sechs kleine schwere Papierrollen auf Walters Schreibtisch. Er brach eine siebte auseinander und legte drei nagelneue Silberdollar hin. »Da habe ich«, sagte er. »Ich meine, da haben Sie.«

Walter wußte nicht, was er sagen sollte. Es war noch nie vorgekommen. Man bezahlte mit Scheck oder Scheinen. Man bezahlte einfach nicht mit Silberdollars. Aber es war Geld – weshalb sollte Mr. Clurg nicht mit Silberdollars bezahlen, wenn er das wollte? Er schüttelte sich, schob die Rollen in seine Schublade und sagte: »Ich fahre Sie hin, wenn Sie wollen. Die Geschäftsstunden sind ohnehin gleich vorbei.«

Beim Abendessen sagte Walter zu seiner Frau: »Wir sollten ihn mal einladen. Ich kann mir nicht vorstellen, wo um alles in der Welt er herkommt. Ich mußte ihm zeigen, wie man den Küchenherd einschaltet. Als er eingeschaltet war, sagte er: ›Ah ja – Elektrizität!‹ und lachte sich kaputt. Und als ich ihn höflich fragen wollte, wich er mir aus. Vielleicht ist er eine Art politischer Flüchtling.«

»Vielleicht –« begann Betty verträumt, dann machte sie den Mund zu. Sie wollte nicht, daß Walter sie wieder auslachte. Er zwang sie ohnehin, Science-Fiction-Magazine nicht in der Nachbarschaft, sondern in der Stadt zu kaufen. Er hielt es nicht für angebracht, daß seine Frau dergleichen las. Er will um jeden Preis den Erfolg, dachte sie nachsichtig.

Am Abend, als Walter vor dem Fernseher saß, las sie eine Geschichte in einem ihrer Hefte. Das Titelblatt, das ein Raumschiff und ein Mädchen im grünen Bikini zeigte, hatte sie vorsichtshalber abgerissen und weggeworfen. Sie handelte von einem Mann aus der Zukunft, der in der Zeit zurückgekehrt war und alle möglichen Erfindungen mitgebracht hatte. Am Ende bestrafte ihn die Zeitpolizei für unerlaubte Zeitreisen. Sie war ihm nachgereist, hatte ihn geholt und in seine eigene Zeit zurückgebracht. Sie lächelte. Es wäre ulkig gewesen, wenn Mr. Clurg nicht ein etwas exzentrischer Ausländer, sondern ein Mann aus der Zukunft gewesen wäre, mit überaus interessanten Geschichten und einem Sack voller Apparaturen, die man für Millionen und Abermillionen Dollar verkaufen konnte.

Nach einer Woche luden sie Clurg zum Abendessen ein. Es ging schon schlecht an. Wieder setzte er sich in die leere Luft und krachte auf den Boden. Während sie ihn abbürsteten, sagte er gereizt: »Ich kann mich nicht daran gewöhnen, einfach nicht –« dann verstummte er.

Er war ein heikler Esser. Betty hatte eine der Spezialitäten ihrer Mutter gemacht, Kalbskotelett mit Tomatensauce, darauf ein pochiertes Ei. Er aß das Ei und die Sauce, unternahm einen ungeschickten Versuch, das Fleisch zu zerschneiden, und gab es auf. Sie servierte eine Käseplatte zum Nachtisch, ein halbes Dutzend Sorten, und Clurg probierte unsicher, brach von jedem ein Stückchen ab, während Betty sich betroffen fragte, ob das gute Manieren waren. Sein Gesicht erhellte sich, als er einen reifen Cheddar versuchte. Er schob das ganze Stück in den Mund und sagte zu Betty: »Den nehme ich, bitte.«

»Nachschlag?« fragte Walter. »Na klar. Laß nur, Betty, ich hole ihn.« Er brachte ein Viertelpfund Cheddar.

Walter und Betty schauten stumm zu, als Clurg den ganzen Käse aß. Er seufzte.

»Sehr gut. Fast wie –« Das Wort lautete, wie Walter und Betty sich später einigten, *Sie-mondscho.* Sie konnten sich ziemlich früh am Abend einigen, weil Clurg nach dem Käse aufstand, herzlich sagte: »Vielen Dank!« und hinausging.

»Was – um alles – !« sagte Betty.

»Tut mir leid, Schatz«, sagte Walter unsicher. »Ich dachte nicht, daß er so seltsam ist –«

»Aber hör mal –«

»Natürlich ist er ein Ausländer. Wie war das Wort gleich?« Er notierte es sich.

Während sie abspülten, sagte Betty: »Ich glaube, er war betrunken. Total betrunken.«

»Nein«, sagte Walter. »In meinem Büro hat er es genauso gemacht. So, als warte er darauf, daß ein Stuhl zu ihm käme, statt daß er hingeht.« Er lachte und sagte verlegen: »Vielleicht ist er königlichen Geblüts. Ich habe mal gelesen, daß die Königin Viktoria sich nie umschaute, bevor sie sich hinsetzte, so sicher war sie, daß ein Stuhl dastehen würde.«

»Na, Könige gibt es heutzutage nicht mehr, oder nur noch ein paar«, meinte sie ärgerlich und hängte das Geschirrtuch an einen Haken. »Was gibt's heute im Fernsehen?«

»›Onkel Miltie‹. Aber – äh – ich glaube, ich lese heute. Äh – wo hast du denn deine Magazine. Ich will es mal versuchen damit.«

Sie warf ihm einen Blick zu, dem er auswich, und holte ihm ein paar Magazine. Sie holte außerdem ein schmales grünes Buch, das sie seit Jahren nicht mehr aufgeschlagen hatte. Während Walter verlegen in den Magazinen blätterte, studierte sie das Buch.

Nach etwa zehn Minuten sagte sie: »Walter Sie-mondscho. Ich glaube, ich weiß, was das für eine Sprache ist.«

Er horchte auf.

»So? Was für eine?«

»Eigentlich schreibt man es c-i-m-a-n-g-o, mit kleinen Häkchen über ›c‹ und ›g‹. Es ist Esperanto und heißt ›Universalnahrung‹.«

»Wo ist Esperanto?« fragte er.

»Esperanto ist nirgends. Das ist eine künstliche Sprache. Ich habe mich mal ein bißchen damit abgegeben. Sie sollte den Kriegen ein Ende machen und alles mögliche. Manche Leute nannten sie ›die Sprache der Zukunft‹.« Ihre Stimme schwankte.

»Ich gehe der Sache auf den Grund«, sagte Walter.

*

Er sah Clurg ins Kino gehen. Damit hatte er etwa drei Stunden Zeit.

Walter eilte zum Curran-Bungalow, erinnerte sich, daß er sich unauffällig verhalten mußte, wurde langsamer und schloß ganz beiläufig die Tür auf. Schwierigkeiten würde es nicht geben – er war ein geachteter und bekannter Bürger – er konnte durchaus das Haus eines Mieters aufschließen und dort auf ihn warten.

Er versuchte, nicht darüber nachzudenken, was die Leute denken würden, wenn man ihn dabei ertappte, wie er Clurgs Gepäck durchstöberte, was er vorhatte. Er hatte eine Sammlung von kleinen Schlüsseln dabei. Überrascht von seiner Einfallskraft, hatte er sie bei einem Schlüsselhaus besorgt und angegeben, die seinen verloren zu haben.

Er brauchte sie aber nicht. Die beiden Koffer standen im begehbaren Schlafzimmerschrank und waren unversperrt.

Im ersten befand sich nichts außer nagelneuer Kleidung, in der Stadt in guten Geschäften gekauft. Der zweite war mit demselben Inhalt gefüllt. Walter durchsuchte ein teures Sportsakko und fand in der Brusttasche eine zusammengefaltete Zeitungsseite. Am Rand war eine Nummer notiert; anscheinend war das Blatt herausgerissen, in die Tasche gestopft und vergessen worden. Das Datum der Zeitung lautete: 18. Juli 2403.

Walter fiel es zunächst ein wenig schwer, die Artikel zu lesen, aber es fiel ihm leichter, als er sie laut las und seiner Stimme zuhörte.

Einmal hieß es:

Zeitpolzist gfast. Anklegr verlangt Todesstraf.
Heut is Wachdmeistr Oskr Garth von der Zeitplizei in seiner wonung in der 4365 9863. Stras verhafdet und im 9786. Refir unt wegn Blosstellng dr Plizei angeklagd worn. Di Blosstellng sol sich ergebm ham, als Garth Dinsd in der 21. Wach hadde. Er soll eim Birgr vom 21. Jarhunderd erzelt ham, daß es die Zeitplizei gibd un vom 25. Jarhunderd aus gesteierd wird. Dr Anklegr teilde mid,

das die Todesstraf verlangd wird, weil das Ferbrechn one Beispil sei un die ganse Ekistens vom 25. Jarhunderd bedrot.

Auf der anderen Seite stand eine Anzeige:

Bum un junge Menr!
Diend eierm Jarhunderd!
Melded eich zur Zeitplizeireserfe!
Vergesd nich – Nur indr Zeitplizei könnd ir eier Zifilisadsion fon di Fremdn schizzn! Besr kann ma seiner Guldur nich dinen! Es gibd kei besere Laufban als indr Zeitplizei!

Darunter warb jemand:

Warum sich seinr stihl schemen? Kauf Rolschnel!
Kei andrer Stul reagird so schnel wi Rolschnel!
Sez dich, wo du wilst – unsr Rolschnel is imr da!
Di Metalteil sin gans aus Gold, damit man si nich polirn mus. Di Kugllagr sin unverwistlich, mit Diamanden.

Walters Herz hämmerte. Gold – damit man nicht polieren mußte. Diamanten in den Kugellagern!

Und Clurg mußte ein Zeitpolizist sein. ›Nur in der Zeitpolizei könnt ihr eure Zivilisation schützen!‹ Was machte ein Zeitpolizist? Er war sich nicht ganz klar darüber. Aber was sie nicht zuließen, war, daß jemand – jemand, der vorher lebte – von der Existenz der Zeitpolizei erfuhr. Er, Walter Lachlan, vom 20. Jahrhundert, hielt den Zeitpolizisten Clurg aus dem 25. Jahrhundert, in der Hand – aus einem Jahrhundert, wo Gold und Diamanten so verbreitet waren wie Stahl und Glas in diesem!

Er war da, als Clurg aus dem Kino zurückkam.

Stumm hielt Walter ihm das Zeitungsblatt hin. Clurg riß es ungläubig an sich, starrte es an und zerknüllte es. Er brach ächzend zusammen.

»Ich bin erledigt!« hörte Walter ihn sagen.

»Hören Sie, Clurg«, sagte Walter. »Kein Mensch braucht davon zu erfahren – kein Mensch!«

Clurg sah mit plötzlicher Hoffnung in den Augen auf.

»Sie schweigen?« fragte er wild. »Es geht um mein Leben!«

»Was ist Ihnen das wert?« fragte Walter mit brutaler Offenheit. »Ich kann was von diesen Diamanten und dem Gold gebrauchen. Können Sie es in dieses Jahrhundert schaffen?«

»Man würde es vermissen. Es würde meinen Massenausgleich übersteigen«, sagte Clurg. »Aber ich habe einen Duplix. Ich kann Diamanten und Gold für Sie kopieren; so habe ich mein Lehengeld gemacht.«

Er riß ein Instrument aus der Tasche – einen Füllfederhalter, wie es Walter erschien.

»Die Ladung ist nur mehr gering. Es könnte etwa fünf Kilogramm auf einmal bewältigen –«

»Sie meinen, daß Sie fünf Kilo Gold und Diamanten kopieren könnten, wenn ich sie brächte?« fragte Walter. »Und das Originalmaterial bliebe unberührt? Zeigen Sie mir das Ding. Kann ich damit umgehen?«

Clurg reichte ihm den ›Füllfederhalter‹. Walter sah, daß sich im Gehäuse ein Gewirr von Drähten befand, winzige Röhren, Objektive – er gab es hastig zurück.

»Richtig«, sagte Clurg. »Sie können Juwelen kaufen oder borgen, und ich kann sie duplizieren. Dann können Sie die Originale zurückgeben und die Kopien behalten. Schwören Sie bei Ihrem zeitgenössischen Gott, daß Sie nichts verraten?«

Walter dachte nach. Er konnte gute dreißigtausend Dollar zusammenkratzen, wenn er das Haus verpfändete, die Firma, seinen Grundbesitz, das Bankkonto, die Lebensversicherung, die Pfandbriefe. Alles natürlich in Diamanten stecken und dann – verdoppelt! Über Nacht!

»Ich sage nichts«, erklärte Walter. »Wenn es klappt.« Er nahm das Zeitungsblatt Clurg aus den Händen und steckte es ein. »Wenn ich die Diamanten dupliziert bekommen habe, verbrenne ich das und vergesse alles. Bis dahin bleiben Sie schön brav zu Hause. Ich komme in ein, zwei Tagen mit den Steinen zum Duplizieren vorbei.«

Clurg versprach es nervös.

Die Geheimhaltung erstreckte sich natürlich nicht auf Betty. Er erzählte es ihr, als er heimkam, und sie jubelte vor Freude. Sie ließ sich das Blatt geben, studierte es gierig und verlangte dann, mit Clurg zu sprechen.

»Ich glaube nicht, daß er reden wird«, sagte Walter zweifelnd. »Aber wenn du unbedingt willst –«

Sie wollte, und sie gingen zum Curran-Bungalow. Clurg war verschwunden, ohne eine Spur zu hinterlassen. Sie warteten stundenlang nervös.

Endlich sagte Betty: »Er ist zurückgegangen.«

Walter nickte.

»Er wollte nicht zu seinem Wort stehen, aber ich stehe zu meinem. Komm mit. Wir gehen zur Zeitung.«

»Walter«, sagte sie. »Das machst du doch nicht – oder?«

Er ging nach einem bitteren Streit allein.

In der Redaktion hörte ihm müde ein Reporter zu, der sich müde die Zeitung aus dem 25. Jahrhundert ansah.

»Ich weiß nicht, was Sie unter die Leute bringen wollen, Mr. Lachlan«, sagte er, »aber wir möchten, daß die Leute ihre Anzeigen im ›Enterprise‹ bezahlen. Das ist doch eine ziemlich durchsichtige Publizitätshascherei.«

»Aber –« stotterte Walter.

»Sam, würden Sie Mr. Morris heraufbitten?« sagte der Reporter ins Telefon. Er wandte sich Walter zu: »Mr. Morris ist unser Setzermeister.«

Der Meister war ein großer, weißhaariger alter Mann, ziemlich taub. Der Reporter zeigte ihm die Zeitung aus dem 25. Jahrhundert und sagte: »Na?«

Mr. Morris sah sie an und roch daran und sagte, ohne sich für den Text zu interessieren: »Type Futura Nummer Neun, vor etwa zehn Jahren aufgegeben. Handgesetzt. Die Druckerschwäze – schwer zu sagen. Teures Zeug, keine Zeitungsdruckerschwäze. Buchdruckerschwärze. Das Papier kenne ich. Gute Qualität, bei Benziger in Philadelphia zu beziehen.«

»Sehen Sie, Mr. Lachlan? Eine Fälschung!« Der Reporter zuckte die Achseln.

Walter ging langsam hinaus. Der Setzer wußte Bescheid. Es war eine Fälschung. Und Clurg war ein Schwindler. Plötzlich berührten Walters Sohlen den Boden wieder nach vierundzwanzig Stunden und blieben dort. Guter Gott, die Diamanten! Clurg war ein Betrüger! Er hätte die echten Steine verschwinden lassen! Er hätte für weniger als einen Monat Arbeit dreißigtausend Dollar kassiert!

Er erzählte Betty davon, als er heimkam, und sie lachte unbarmherzig. ›Zeitpolizist‹ wurde zu einem Familienwitz bei den Lachlans.

Harry Dreiundzwanzigste Straße stand blinzelnd an einem sehr merkwürdigen Ort. Seltsamerweise waren seine Füße bis zu den Knöcheln in einem Block aus durchsichtigem Kunststoff gefangen.

Da waren seltsam aussehende Leute, und eine gewaltige Stimme sagte: »Die Sitzung ist eröffnet. Das Volk des Fünfundzwanzigsten Jahrhunderts gegen Harold Parrish, alias Harry Dreiundzwanzigste Straße, alias Clurg, vom Zwanzigsten Jahrhundert. Die Anklage lautet auf Imitierung eines Beamten der Zeitpolizei. Die Anklage fordert die Todesstrafe angesichts des Verbrechens ohne Beispiel, das die ganze Existenz des –«

ENDE

Verehrter Leser,
senden Sie bitte diese Karte ausgefüllt an den Verlag. Sie erhalten kostenlos unsere Verlagsverzeichnisse zugestellt.

WILHELM GOLDMANN VERLAG · 8 MÜNCHEN 80

Bitte hier abschneiden

Diese Karte entnahm ich dem Buch ________________

Kritik + Anregungen ________________

Ich wünsche die kostenlose und unverbindliche Zusendung des Verlagskataloges und laufende Unterrichtung über die Neuerscheinungen des Wilhelm Goldmann Verlages.

Name ________________

Beruf ________ Ort ________

Straße ________________

Ich empfehle, den Katalog auch an die nachstehende Adresse zu senden:

Name ________________

Beruf ________ Ort ________

Straße ________________

Aus dem WILHELM GOLDMANN VERLAG
8 München 80, Postfach 80 07 09 bestelle ich
durch die Buchhandlung

Anzahl	Titel bzw. Band-Nr.	Preis

Datum: Unterschrift:

4807 · 7049 · 3.000

Bitte mit Postkarten-Porto frankieren.

Wilhelm Goldmann Verlag

8000 MÜNCHEN 80

Postfach 80 07 09